《我们深圳》
首部全面记录
深圳人文的非虚构图文丛书

我们深圳

WAR STORY

血脉

烽火罗氏

◎ 张黎明 / 著

深圳报业集团出版社

东江纵队港九大队纪事碑。
（张黎明 摄）

抗日英烈纪念碑

西贡斩竹湾抗日英烈纪念碑。

（张黎明 摄）

东江纵队司令部旧址——位于深圳葵涌土洋的意大利教堂。（刘深 摄。选自刘深、苏润菁著：《逃出生天——美军“飞虎队”克尔中尉香港历险记》，人民出版社2015年版，第97页）

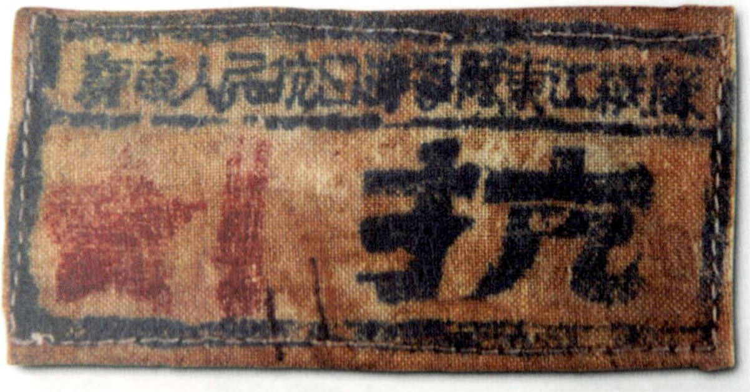
抗

东江纵队队员的胸章。（宽37毫米，长76毫米。现藏深圳博物馆，本图选自深圳博物馆蔡惠尧主编：《现代深圳》，文物出版社2010年版，第107页）

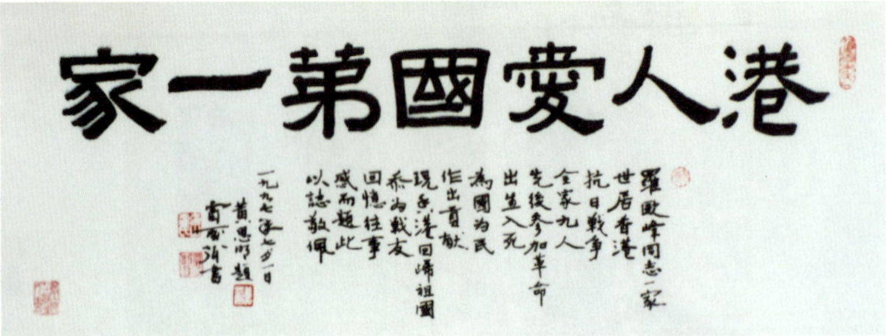
港人愛國第一家
羅歐峰同志一家
世居香港
抗日戰爭
全家九人
先後參加革命
出生入死
為國為民
作出貢獻
回憶往事
感而題此
以誌敬佩

港人爱国第一家。（张黎明 摄）

秘密大营救复原场景。由著名雕塑家严友人创作出茅盾、何香凝、邹韬奋、夏衍、胡绳和丁聪6个特型人物及3个护送的游击队员，以沙鱼涌为背景，借着由远至近的灯光由暗到亮的特殊变换效果，寓意文化名人、民主人士终于走出黑暗，迈向光明。（复原场景现藏深圳博物馆。本图选自深圳博物馆蔡惠尧主编：《近代深圳》，文物出版社2010年版，第97-98页）

空中英雄
PRESENTED TO LT. DONALD W. KERR, U.S.A.A.F. BY THE PEOPLE OF PENG SHAN.
WAIYEUNG DISTRICT
"A BRAVE ALLIED FIGHTER PILOT"
惠陽坪山人民敬贈
柯爾中尉留念

东江纵队赠送给克尔中尉的锦旗。后来克尔中尉的后代正是凭着锦旗上的“坪山”字样找到了深圳。（大卫·克尔提供。选自刘深、苏润菁著：《逃出生天——美军“飞虎队”克尔中尉香港历险记》，人民出版社2015年版，第105页）

FROM CANTON
DEALER IN SILKS
當

中英街复原场景。全长约250米，宽3-5米。此复原场景取材自20世纪四五十年代中英街照片，参考文献记载、口碑材料和现有研究成果，复原部分街景，设置了老字号药店杏春堂、和兴当铺、古玩丝绸店，以及英国军人、中国军人执勤两尊高仿真人。（复原场景现藏深圳博物馆，本图选自深圳博物馆蔡惠尧主编：《现代深圳》，文物出版社2010年版，第183-184页）

006

010

血脉

烽火罗氏

总序

《我们深圳》

《我们深圳》？

是的。我们，而且深圳。

所谓“我们”，就是深圳人：长居深圳的人，暂居深圳的人，曾经在深圳生活的人，准备来深圳闯荡的人；是所有关注、关心、关爱深圳的人。

所谓“深圳”，就是我们脚下、眼前、心中的城市：是深圳市，也是深圳经济特区；是撤关以前的关内外，也是撤关以后的大特区；是 1980 年以来的改革热土，也是特区成立之前的南国边陲；是现实的深圳，也是过去的深圳、未来的深圳。

《我们深圳》丛书，因“我们”而起，为“深圳”而生。

这是一套“故园家底”丛书，它会告诉我们：深圳从哪里来，到哪里去，路边有何独特风景，地下有何文化遗存。我们曾经唱过什么歌，跳过什么舞，点过什么灯，吃过什么饭，住过什么房，做过什么梦……

这是一套“城市英雄”丛书，它将一一呈现：

在深圳，为深圳，谁曾经披荆斩棘，谁曾经独立潮头，谁曾经大刀阔斧，谁曾经侠胆柔情，谁曾经出生入死，谁曾经隐姓埋名……

这是一套“蓝天绿地”丛书，它将带领我们遨游深圳天空，观测南来北往的鸟，领略聚散不定的云，呼叫千姿百态的花与树，触碰神出鬼没的兽与虫。当然，还要去海底寻珊瑚，去古村采异草，去离岛逗灵猴，去深巷听传奇……

这是一套“都市精灵”丛书，它会把美好引来，把未来引来。科技的、设计的、建筑的、文化的、创意的、艺术的……这座城市，已经并且正在创造如此之多的奇迹与快乐，我们将召唤它们，吟诵它们，编织它们，期待它们次第登场，一一重现。

这套书，是都市的，是时代的。

是注重图文的，是讲究品质的。

是故事的，是好读的，是可爱的，是美妙的。

是用来激活记忆的，来拿来珍藏岁月的。

《我们深圳》，是你的！

胡洪侠

2016年9月4日

目录
CONTENTS

罗汝澄的大哥罗雨中愤怒地说过，英国殖民者投降了，**只有我们这些真正的主人才会拼死保卫香港。**

第一章

绝望中的“疯人”暴动

沦　陷

1941 年 12 月初，香港似乎还远离战争。

11 月，英军确认日军兵力频繁调动，直到 12 月 7 日，当收到日军三个师已到达离边境 13 公里以内的情报时，香港英军总司令莫尔特比（C. M. Maltby）少将依旧判断日军不会进攻香港，他认为“有一万至二万的日军为攻击本地已达宝安至深圳之间的报告是夸张的，日军从其广州周围及边境附近防御出发，深恐遭受攻击，因而故意制造这种流言”。

事实上，酒井隆正在调遣部队，准备进攻香港。早在 1941 年 11 月 6 日，酒井隆调任驻广东省日本第 23 军司令官，刚刚赴任就接到大本营密令，做好协同海军迅速攻占九龙半岛及香港岛的准备。

这时候，弥敦道依旧灯红酒绿，商场依旧琳琅满目。

12 月 6 日周六，快活谷照常疯狂赛马。

12 月 7 日周日，皇后戏院放映的《英宫十六年》，场场爆满。

香港时间 12 月 8 日凌晨 0 时 45 分，日军成功偷袭珍珠港，太平洋战争爆发。

12 月 8 日的清晨，香港冷冷的一天开始了，北风并不起劲，海面看上去极平静。7 时多，48 架日机从广州天河机场起飞，目标香港启德机场。

刚过 8 时，日机抵达香港，短短的 5 分钟，英国空军 3 架鱼雷轰炸机和 2 架水陆两用机，以及一些民用机，全被日本空军炸毁。

几乎同时，深圳河边境集结的大批日本陆军，越过深圳河，分两路

1941年12月8日清晨，香港街道慢慢地涌出像一股涓涓细流的人，上学的、码头的、纱厂的，还有拿着鸟笼上茶楼的……看上去极平静。就在当日凌晨0时45分，日军成功偷袭珍珠港，太平洋战争爆发了。刚过8时，48架日机出现在启德机场上空。短短5分钟，英国空军3架鱼雷轰炸机和2架水陆两用机，以及一些民用机，全被日本空军炸毁。（深圳史志办资料）

1941年12月26日上午，日军骑兵列队进入香港闹市，被日本任命"代理总督"的酒井隆骑着高头大马通过皇后大道，举行入城式。酒井隆，广东人不陌生，进攻香港前，他在广东大开杀戒，怂恿、放纵部下毒打孕妇，轮奸妇女，连他豢养的狼犬也喂养中国少女的鲜血，为狼犬撕咬得更淋漓顺畅，竟先用刺刀活生生挑开中国少女的腹部……（深圳史志办资料）

向新界的青山公路和城门炮台推进。

……

这场入侵香港的战争,持续18天,以香港总督杨慕琦无条件投降结局。

战后，研究战争历史的专家们分析，两军未战，胜负已分。

何故?

日军面对辉煌多时的大英帝国严阵以待，志在必得。

据《香港英军防御日军进攻作战的评介》分析，防卫香港的英军兵力（香港步兵旅、加拿大派遣旅、皇家炮兵团、香港义勇军等）共13 000多人；而攻港的日军兵力（第23军第38师、海军第二遣华大队、第23军直属各部等）共39 000多人。英军和日军的兵力对比为1 ∶ 3。

《围城苦战——保卫香港十八天》剖析，日军“对内，制定详细的作战方案，训练士兵熟悉香港地形，配合香港的情况进行演练；对外，派出间谍煽动反英情绪，封锁香港，多次佯动，以麻痹香港政府的神经。”

而英方，从他们的战略考虑，香港并非本土，仅为远东基地之一，英政府已定一旦开战就“不援不弃”原则。对于日军可能实施南进计划进攻香港，1941年1月英军远东总司令希望英国政府派兵增援香港，丘吉尔首相很肯定地回答“这种要求是完全错误的，如果日本对我们宣战，无论防守还是驰援，都是毫无希望的”。

这就断定了香港沦陷不会有任何变局，除非日本人取消“南进”计划。而负责防守香港的将领骄傲轻敌，战前准备严重不足。这都是香港沦陷的原因。

战争中有种种无法预测的意外。

1941年12月25日，香港沦陷的结局毫无意外。

回 家

罗汝澄，想家吗？想，但是想不到会以这样的方式回家。

1941 年 11 月，曾生、王作尧的抗日游击队频频接到日军连连异动的情报后，分析确定：日军必定进攻香港，一旦日军攻打香港，他们即派出几支短枪队从陆上海上挺进香港地区。

1938年10月24日，日军从广东大亚湾登陆的10多天后，一艘香港小船在沙鱼涌靠岸，看似香客的曾生下船了，一袭灰色长袍，头戴南洋小竹帽，妻子阮群英手里还抱着襁褓中的儿子。周伯明、谢鹤筹这几位共产党员，也在香客的队伍中。

曾生这位中大毕业生，带领了这支乔装的队伍返回坪山石灰陂曾家围屋，接着卖了家里的田地，购买了枪支。第二天，刘宣带着第三批惠青回乡工作团的68人，回到坪山……深圳地区第一支抗日武装就这样诞生了。（深圳史志办资料）

罗汝澄是大营救中文化人不认识的其中之一，他并没跟随林冲武工队护送文化人。黄高阳，这位负责沙头角区的领导清楚地意识到，罗汝澄有着惊人的亲和力和组织能力，且头脑清晰冷静。好钢要用在什么样的刀刃上？罗汝澄被委以“深入虎穴”的重任，潜入日本宪兵队收集情报。（罗欧锋 摄）

1941 年 12 月 8 日，日军入侵香港的当天，游击队即按原计划陆续兵分几路插进香港新界。罗汝澄就在其中的一支短枪队之中。

在宝安游击区活动的第五大队，派出由曾鸿文、黄高阳率领的武工队，进入元朗十八乡至荃湾地区。第五大队副队长周伯明率领短枪队进入大埔以北，广九铁路西侧，组成武工队配合曾鸿文活动，林冲任队长。

在惠阳地区活动的第三大队，派出由蔡国梁、黄冠芳、江水、刘黑仔率领的武工队，插入九龙城以东，西贡一带。

罗汝澄奉命出发，他是新界沙头角南涌人，第五大队特命他担任林冲率领的武工队向导。

12 月 8 日，林冲武工队从宝安火速突进，10 日凌晨到达沙头角南涌罗屋村。

罗汝澄回家了——南涌，这一 20 多户人家的小村庄。

站在自家老屋门前，池塘、榕树还有飘忽在空气中的海水味道，熟悉的家，儿时带来很多快乐的家。20 岁的年轻人内心并没有很多欣喜，回家并非单纯的回家，压抑了一种生死存亡的沉重。

日军入侵香港，这沉重猛然坠落，沉重，重得透不过气，重得直想喊，喊出憋在心里的恨，流动的血液里，种植在细胞中的抵抗基因，一下子全部激活。

这是罗汝澄回家的第一天。

林冲武工队在此开始研究下一步的工作。

罗汝澄的观点十分明确，往后，这“家”不再仅仅属于罗家，这一天起，南涌罗家老屋成为游击队在新界的首个立脚点。南涌罗屋村发展为游击队插入新界后的首个据点。

此时，形势严峻。

罗欧锋，罗家兄弟当中年纪最小的他，性格与哥哥们相比极其有个性。这个坐不住板凳且动手制作能力很强的男孩，不论是眼神还是笑容，总是带点儿兴奋，带点儿顽皮，性格也格外浪漫。他喜欢照相，胸前常常挂着一部相机，一切新鲜和好奇的东西都会令他冲动，令他“咔嚓”下来。1941年春天，他参加了东纵（前身为广东抗日游击队），他的德国“莱卡”照相机自然也属于游击队，于是就有了后来许多流传于世的东纵历史图片，这张照片是罗欧锋拍摄的“游击队武工队”其中一张。（罗欧锋 摄）

自日军12月8日的大炮轰击开始，九龙市面出现混乱，夜间电力供应停止，流氓四处抢劫，不少人收拾细软逃往港岛，往港岛的渡船价格从5毛不断上涨至2元一位。

此时的九龙市区乱象丛生：腐尸、污水、弹药、垃圾，各种恶臭弥漫熏天，夹杂着抢劫、打斗、抢购的叫骂和哭喊，以及数名被枪杀的暴徒尸体被抛在街头示警。任何警示都失效了，英警已无影无踪。日本人的间谍和内应在九龙最高的建筑九龙半岛酒店楼顶挂出了红色膏药旗。

与九龙不一样的是，新界乡村则出现成群结队的土匪，100人以上的大股土匪有10多股。像从深圳、宝安窜来的出名土匪帮“大天二”，拥有几十支步枪，甚至还有机枪，人数高达200多人；小股土匪也有20至30人的，多是本地地痞流氓，像“梅花马”这一类土匪都各自配备武器。

土匪们大规模抢劫，一个村子一个村子地洗劫，杀猪杀鸡，抢牛抢粮，还强奸妇女和杀害村民。

英政权的崩溃，土匪称霸新界。

罗汝澄回家的第二天傍晚，大哥罗雨中经地下党组织批准也赶回家了。

罗家兄弟和林冲等骨干一起分析形势。

如何对付日军，如何对付土匪。

不论维持社会治安，还是打击土匪，抑或反抗日军，关键在组织一支武装队伍。

罗汝澄的思路格外清晰，队伍就以罗屋村为核心，发动南涌村的5个小自然村，以“人民联防队”的名义组织武装力量（又称常备队）。

罗汝澄和哥哥雨中立马行动，先把父亲过去购买的防匪步枪、鸟枪、粉枪、信号枪各一支，全部献出，这成了队伍的第一批武器。

护村保家，靠谁？靠自己，靠大家，靠父老乡亲！

罗汝澄兄弟的父亲德高望重，南涌村的父老乡亲也是看着汝澄兄弟长大，知根知底，且他们说得十分在理，大伙你串联我，我串联你，这南涌村的五个小自然村全都动作起来了。

武器，筹集经费购买，各户自动捐献。

经费，华侨捐款，各村祖业公帑抽出专款。

不到10天，50多人的队伍拉出来了，罗雨中任联防队队长。

这是香港新界地区第一支游击队发动成立的人民武装队伍。

就在罗汝澄兄弟组建联防队期间，11日中午12时30分，英军司令下达九龙半岛的部队全部撤出的命令。

日军欣喜若狂，这就是说，计划15天方可攻克的九龙半岛，只需4天就结束战斗了。

12日清晨，日军野口少佐挺进队突入九龙市区南面，在渡口附近歼灭约30名英军后，就浩浩荡荡奏响军乐直入九龙街市。

此时的九龙市区已成疯人院。当日军枪声炮声四处轰响，死亡越来越逼近时，想活，这个变得极其微弱的生存意念突然在片刻间爆发，活一天算一天，一切为了活！人们疯狂抢夺任何物品，吃的穿的用的，储存一切，躲几天算几天，活一分钟算一分钟，大街上奔跑着疯狂的人，狂购—狂夺—狂打，不是十个八个，也不是300个3 000个，是汹涌的数万人疯了，绝望中的“疯人”暴动了。

野口挺进队开枪警告，枪声已毫无作用，人们听不见看不见，或者看见了听见了，但他们并没有逃离和散去。这是无所畏惧的疯癫状态，这是数万艘马力充足横冲直撞挤迫在弥敦道的船舰，除了冲撞什么都不存在了。

比疯子更癫疯的野口挺进队，一下子拉来2门37毫米速射炮，向着

南涌罗屋村，这个香港新界北沙头角的客家小山村，只有20多户人家，住着杨、郑、罗、李、张五姓人家。这里山路陡峭崎岖，灌木茂密，交通不便，却是连接内地的必经之道。1941年12月25日香港沦陷，广东人民抗日游击队派出武工队火速进入香港，其中一支正是以罗汝澄为向导。他把游击队带回自己的家乡南涌，于是罗家祖屋成了香港最早的游击队交通联络站。（罗欧锋 摄）

大街一阵狂轰。

人们在疯狂的状态中被轰散，轰死，轰倒。

野口挺进队很满意，大街终于被炮打沉了，不疯癫了。

结果是什么？

茅盾的记忆，无数的大街小巷，一家一户之间的小小夹缝，这夹缝堆满垃圾，这些垃圾当中，他两次看到了婴儿的尸体，其中一个不满周岁，上身赤裸，五官端正，颜色未变，看上去死了不久，他忍不住多看了两眼，就这当儿，险些一脚踩在另一婴儿尸体的腿上，这一个的上身已经被野狗啃咬过……

一切，让人触目惊心。

13日，日军占领了整个新界和九龙半岛。

日军在何文田架起大炮，连日轰击港岛市区，并迅速封锁九龙和香港岛之间的交通，港岛成了炮火连天的孤岛。

历史除了永远无法重写，还是根茎枝蔓丛生缠绕的老树。

港人当然对强行霸占香港的英国老殖民者不满，众多日军间谍用尽其能挑唆仇恨，日军轰炸机不但扔炸弹还扔下大量“纸弹”，蛊惑华人和英人对立，这基本不起作用，日军侵华暴行更令港人痛恨。

英军当然知道港人的仇恨，这也是日军入侵当晚，港督杨慕琦在电台发表讲话，愿和香港人民联合抗战之因。怕港人不肯协助，特请出国民党政府驻港代表、海军少将陈策响应港督，号召港人共同保卫香港。

仅是说说而已，早前陈策就多次建议武装千人华人义勇队，而英军也和共产党游击队商议过合作，但都没有达成协定。

英国政府不能不多想，如果武装华人，武装被压迫者，会有什么样的结果？保卫香港一旦成功，这些华人将是中国政府收复香港的筹码。

唯一确认的是，从香港沦陷开始，从罗汝澄家乡南涌出现了第一个

1941年12月8日，日军进攻香港；13日占领了整个新界和九龙半岛，并封锁九龙和香港岛之间的交通。日军在何文田架起大炮，连日轰击香港市区，港岛成了炮火连天的孤岛。（深圳史志办资料）

游击队根据点。接着，游击队也在罗汝澄外婆家鹿颈村等地扎了根，而另外的几支武工队相继在新界建立了据点。

那些街头疯狂抢劫的人，如果有枪，如果组织成一支对抗日军的几万人队伍，像罗汝澄他们这样的村民武装队伍，这会是什么样的结果？

已经没有如果，结果就是普通老百姓只有“发疯”一种选择。

登 陆

此时此刻，只剩下港岛。

港人，占香港90%人口的中国人，原本有不少绅士还寄希望于英国强大的海军力量足以保护香港。12月10日，英舰“韦尔斯王子号”和“却敌号”在星洲以北暹罗湾海域被日机炸沉，这个梦碎了。

后来，港人又寄希望于中国政府军身上。

此时，日军大本营催促“尽速解决香港”。

香港的160万中国人，武装1/10也有10多万。如果英军和他们一起反抗日军，加上国民党军和共产党游击队从北面攻击，这将产生战争的另一种结局。

希望不断被粉碎，结果：沦陷。

杨慕琦投降时，真心愿意和港人一起战斗的陈策，只能率部分英军逃离香港，历尽艰难终于在共产党游击队的协助下逃离死地。如果他留下组织抗日游击队，真正和港人一起战斗，又会是什么样的结局呢?

有无数的可能，但是都没有实现，18天的战争历史就在纠结中画上了句号，没有悬念和意外。

18日晚，日军的攻势猛烈，日军分别在北角、太古、鲗鱼涌等地登陆。

此后几天，日军不断推进，跑马地、铜锣湾，然后进逼香港中区。

日军烧、杀、淫、掠，伤亡百姓无数，城区血肉横飞，尸横枕藉。

跑马地鹅颈桥一带的地沟都被死尸堵塞了。

防守电厂的全是轻伤兵和商人组成的志愿队，抗击至最后一个人，全部壮烈牺牲，电厂终被攻陷。

日军占领水库和电厂后，进攻维多利亚湾，英军顽强抵抗了2天。

1941年12月25日，情报显示中国政府军起码要元旦才能到九龙，新加坡确定不会派出援兵。下午，杨慕琦再接频频战败的报告，恐惧日军屠城，3时半，同意投降。

此时，与外界失去联系的斯坦利堡英军官兵，依旧顽强抵抗日军。日本海军舰艇和炮兵从海陆两个方向炮轰斯坦利堡，仍未能攻克。日军占领斯坦利堡外的圣斯蒂芬学院，冲进英军野战医院。当时英军伤病员有90多人，大都断腿缺臂，失血过多，卧床不起。日军强行把他们从床上拖落，剥光衣服逼到墙根，用铁钉从手掌或残肢上钉进去，60多人被刺刀乱捅身亡。杀光男人后，竟然将护士搁在死尸上强奸，4名华人女护士和3名英国女护士被轮奸，奸后用刺刀逐个捅死。

然后，日军以护理员、医生和担架员为人质，迫使斯坦利堡的英军投降。先肢解两三名男俘虏，挖眼睛，斩手脚，折磨致死。再逼迫几个被割耳朵或手指的俘虏，去斯坦利堡报告惨状，威胁英军若不投降，将用同样方法杀死所有人质。

斯坦利堡的英军被迫向日军投降。

12月25日傍晚，杨慕琦被带到尖沙咀半岛酒店和酒井隆会面。

《围城苦战——保卫香港十八天》记载了正式签署投降文件时的细节。

酒井隆问杨慕琦有什么特别要求，杨说：“请保护香港的妇孺。”

酒井隆拔刀立誓，请相信日本皇军的武士道精神。

酒井隆，进攻香港前曾在广东大开杀戒，怂恿、放纵部下毒打孕妇，轮奸妇女，连他豢养的狼犬也喂养中国少女的鲜血，为狼犬撕咬得更淋漓顺畅，竟先用刺刀活生生挑开中国少女的腹部……立誓后，酒井隆在香港九龙街头看见一对年轻夫妇相偎而行，即抽出军刀左右各刺一刀，还故意不刺中要害，这对恩爱夫妻在马路中挣扎哀号，眼睁睁看着心爱的对方，慢慢流血身亡。酒井隆在一旁哈哈大笑。

保　卫

香港 3 年零 8 个月的苦难岁月从此开始。

罗汝澄的大哥罗雨中愤怒地说过，英国殖民者投降了，只有我们这些真正的主人才会拼死保卫香港。

南涌等村组织起来的“人民联防队”就是最好的例子，他们真的开始了保卫香港的战斗。

而和这些香港真正主人并肩的，恰恰是当时插入新界的共产党游击队。

炮火连天的 18 天里，这股力量迅速行动。

仅一个多月，几支武工队都在新界扎根，剿匪安民。西贡区的赤径、嶂上，元朗十八乡等村庄陆续建立了游击队据点。

游击队的作为可归纳为“建队”“收拾”“营救”。

“建队”就是组建各村武装力量。

新界失陷后，社会秩序混乱，“胜利友”（盗贼土匪一旦打家劫舍得手就高呼“胜利”，故乡民们称之为“胜利友”）多如牛毛，乡民们终日惶恐不安。游击队协助乡民们建立联防队，还帮助他们铲除土匪，组成各村联防互助的武装。

罗汝澄兄弟在林冲武工队的协助下组建“人民联防队”（常备队），然后联合鹿颈村共同防范土匪地痞。

罗汝澄带领游击队林冲短枪队返回家乡南涌，和大哥罗雨中等以罗屋村为核心，发动南涌5个小村，以人民联防队（又称常备队）的名义组织武装力量。这是香港第一支护村保家的抗日武装。

罗汝澄兄弟先把父亲过去购买的防匪步枪、鸟枪、粉枪、信号枪各一支，全部献出，成了队伍的第一批武器。（罗欧锋 摄）

有一天，一股50至60人的土匪进入乌蛟腾村，村里联防队只有几支枪，根本抵不过土匪，眼睁睁看着48头牛被抢了，村里派人爬山抄小道赶到南涌报告。

罗雨中队长与游击队领导黄高阳紧急商定，武工队和联防队协同作战，埋伏在土匪必经的海堤。就在土匪们得意扬扬，吃饱喝足，哼着小调，“胜利”地牵着48头牛进入伏击圈时，枪声骤响。

吓趴了，惊魂中听到喊声：“我们是人民抗日游击队，保护人民，抢走的耕牛要全部交还。否则消灭你们！”

土匪们终于弄明白，不留下乌蛟腾的牛别想活着回去，他们说商量商量，南涌联防队队员呵斥“没得商量”！土匪只得老老实实把一头头牛绑在大榕树下，点清后才离开。

南涌村和乌蛟腾村联防，而乌蛟腾村也联防别的村子。

乌蛟腾村的常备队听说附近涌尾村遭到小股土匪抢劫，立即前往，击毙土匪一名。后来，土匪再也不敢进村了。

大股的上百人土匪，村里的武装力量太弱，就由游击队剿灭。

像1941年底，五大队副大队长周伯明所率武工队，与从南涌赶到的林冲武工队，一起埋伏山地，派人上山以曾大哥（曾鸿文）的名义，命拦路打劫的黄慕蓉近百土匪“让路”，黄一看山下刀光剑影，只得离开盘踞多时的大帽山地段。

像1942年3月份窜到大滘村的邓芳仔，不仅抢劫还勒索客商，甚至冒充游击队。刚刚成立的港九大队由刘春祥中队和西贡区等地武工队联合围剿，击溃了土匪。剿匪告捷，整个沙头角区的土匪都不敢公开活动了。

这就是联防的作用，当时新界分西贡、元朗、沙头角三区，村村互连互助，各区相通。

老百姓千恩万谢，能不拥护保护自己的队伍？

"收拾"就是收拾英军遗留的武器。

九龙半岛东南西三面环海，英军撤退留下了大量武器弹药，日军来不及打扫战场，武工队分路进入英军阵地，拣拾武器弹药。据说，光轻重机枪就有30多挺，步枪数百支，还有各类的冲锋枪、英式步枪、驳壳枪、左轮手枪等；更有大批量的粮食、布匹、药品等，这些都是战争时期的稀缺物品。

这些物品靠什么人运送?

罗汝澄兄弟渐渐摸索出经验，各村从常备队及妇女中挑选骨干组成抢运队，游击队民运工作队负责指挥，游击队武工队负责保护。

不仅仅南涌，沙头角区的其他村子，鹿颈、乌蛟腾、三椏、大小滘、沙罗洞、鹤薮等，都组织了这样的抢运队。

新界的沙头角区、西贡区和元朗区都有这些人拉肩扛，如蚂蚁一般的抢运队。

抢运队日夜兼程，跋山涉水，从运送到装船，一船船一车车枪支弹药运回游击队根据地。

为了抢运开辟的运输线：一为西贡大鹏线（东线），从西贡上船到达大鹏的水路线，可至盐田、淡水、惠阳；二为沙头角惠阳线，从沙头角至淡水、惠阳的陆路线；三为元朗罗湖线（西线），从元朗过深圳河入宝安到东莞的陆路线。

从1942年1月份开始，东、西交通线成为武装营救文化名人和爱国民主人士最主要的生命线。

3年零8个月，这3条运输通道一直运行。游击队在此设站收税，保护客商，维持游击队的经济开支。

日本人做梦也不会想到，就在自己的眼皮子底下，有这样一支抢运队伍，抢运的物资，光轻重机枪就有30多挺，步枪数百支，还有各类的冲锋枪、英式步枪、驳壳枪、左轮手枪等。更有大批量的粮食、布匹、药品等，这些战争时期的稀缺物品全都运回了东江抗日游击队。日本人更无法想象，这支抢运队伍不过是一支以妇女为主，只有一根扁担两条腿的普通老百姓。（罗欧锋 摄）

1941年12月末，几乎就在香港沦陷之时，新界的沙头角区、西贡区和元朗区都组织了物资抢运队。抢运队将英军溃退丢弃的武器弹药和军用物资，一船船一车车，日夜兼程，跋山涉水，运回东江游击队根据地。

运输线一为西贡大鹏线（东线），从西贡上船到达大鹏的水路线，可至盐田、淡水、惠阳；二为沙头角惠阳线，从沙头角至淡水、惠阳的陆路线；三为元朗罗湖线（西线），从元朗过深圳河入宝安到东莞的陆路线。（罗欧锋 摄）

营　救

“营救”就是营救文化名人和爱国民主人士、国际友人、盟军战俘等。

1941 年，几百名坚持抗日的著名作家、艺术家、记者、教授先后从重庆、桂林等地流亡到香港。这批文化人一再呼吁建立反法西斯统一战线，抵抗日本侵略者。

太平洋战争刚刚爆发，中共中央和周恩来就想到，香港如果沦陷，日本人绝对不会放过他们。12 月 9 日，周恩来给香港八路军办事处负责人廖承志发了第一封电报，希望尽力抢救被困香港的民主人士和文化界人士，设法将他们送到东江游击区或南洋等安全地区。

日军攻陷港岛前，廖承志又收到第二封紧急营救文化人的电报。

如何营救？需要营救的人在哪里，仅仅知道他们在 160 万香港同胞之中。仅仅清楚必须和日军抢时间，趁其建立严密的户口管理之前，护送文化人到东江游击区，再分别送往大后方。

廖承志、乔冠华、连贯研究布置了方法和步骤。

第一步，寻找这些分散在港岛的文化人。第二步，偷渡回九龙。第三步，分头护送进入东江游击区等地。第四步，转送大后方。

……

神不知鬼不觉，营救正在进行时。

就在酒井隆命令日军封锁码头、铁路，大肆搜捕抗日分子，实行分段挨户检查，每晚天一黑便实施戒严，一旦发现路人立即开枪，并限令

香港和九龙的交通要道都设有日军岗哨，如图中日军设在青山道的岗哨，游击队的交通情报员得冒着生命危险，从日本人的眼皮底下通过，心里有多恨都得藏得像情报一样严实，心里有多悬都得把步子迈得像石磨一样稳当……（深圳史志办资料）

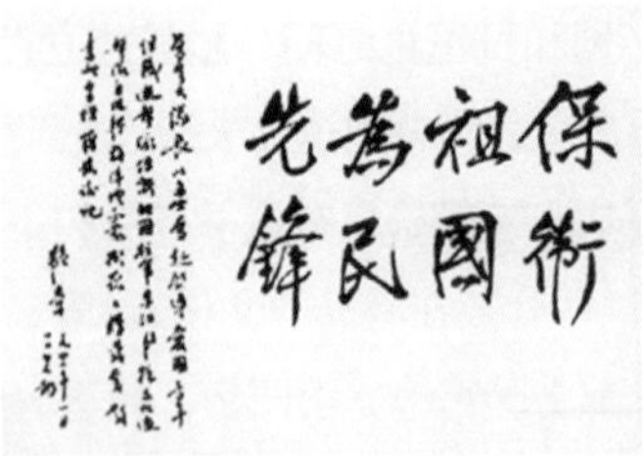
保衛祖國
為民先鋒

六易其居，住进铜锣湾灯笼街贫民窟的（邹）韬奋。当一个叫小潘的年轻人突然站在面前，普通话说得有点生硬，说什么把香港的文化人全部抢救出来！这是周公的指示！惊喜的感觉哗啦一下，从头到脚浇灌得满满的，真的？小潘笑得充盈和真实：当然！

这些日子为避开汉奸耳目整天窝在家里的韬奋，听完脱离虎口的计划，惊喜后很诚实：应付这样的局面，我是毫无经验的。你们告诉我怎样做我就怎样做！（深圳史志办资料）

旅港的文化人前往“大日本军报导部”或“地方行政部”报到之时。

就在酒井隆禁止港币流通，没收全港粮商的仓库米粮，仅以每天每人六两四（十六两为一斤）的限额配售港人。黑市米价从每斤 2 元升至 200 多元，买不起米，饿死街头的人日益增多，无数难民涌进内地之时。

大规模的营救正式开始。

日军实行宵禁，每天早上 6 时解除宵禁之后，地下交通员便带着被营救者从各个集中点出发，绕过日军设在市区各主要干道的岗哨，先混进难民队伍，然后离开难民洪流，上山走小道……

1942 年元旦刚过，第一批走东线的是廖承志、乔冠华、连贯等。这一批大营救的策划组织者，沿线开始布置营救的具体工作。

1942 年 1 月 10 日，第一批走西线的文化人是茅盾、邹韬奋等。

接着，一批又一批的文化人。绝大部分文化人都经这青山道到荃湾、元朗，过深圳河的陆路交通线进入东江游击区白石龙根据地。

1 月底至 2 月初是秘密大营救最为紧张阶段。每隔一两天就护送一批，每批少的 10 多人，多的 20 到 30 人，大规模的营救工作历时 3 个月。

据《曾生回忆录》记载，营救工作持续到 6 月底才结束。

廖承志这样总结大营救——我和广东省委、香港党组织及部队的负责人进行了研究部署。经过 3 个月紧张的工作，克服许多艰难险阻，从日军的严密封锁下，抢救出民主人士、文化界人士何香凝、柳亚子、茅盾、邹韬奋、胡绳、夏衍、戈宝权等 700 至 800 人，并护送他们到大后方，同时抢救出来的还有余汉谋夫人、国民党官员陈汝棠等，以及英、美、荷、比、印等国际友人近 100 人。

中国文学大师茅盾在《脱险杂记》中称：大营救是“抗战以来（简直可以说是有史以来）最伟大的抢救工作”。

大营救并非今天的英雄大片，一个人单枪匹马惊天动地。这一场大

大营救中的文化人都记得当年无数的大街小巷，茅盾、邹韬奋、夏衍等穿过的横街窄巷，那些夹缝堆满垃圾，这些垃圾当中，茅盾两次看到了婴儿的尸体，其中一个不满周岁……这种纵横交错的苦难感觉，成为他们永远的记忆。（深圳史志办资料）

营救，绝不是一个人的行为，从中共中央南方局到中共南方工作委员会，从八路军香港办事处到中共粤北粤南委员会，从中共香港市委员会到东江游击队，还有香港的情报人员，这是一根互相看不见的链，一环紧扣一环，组成了特别的营救大军。

这场营救到底动用了多少力量？动用了多少人？

《港九独立大队史》记载，至 1942 年 1 月，蔡国梁奉命率领 10 多名武工队员乘船进入赤径，在北谭涌、黄毛应一带和日军占领初期插入港九的黄冠芳领导的武工队会合。至此，进入新界的游击队约近 100 人。

这些文化人可以看见的武工队员，承担一线护送保卫重任，功不可没，但仅仅 100 人根本不可能完成如此规模的大营救。

到底有多少文化人看不见摸不着的力量？

有多少天没亮就和市民一道排“长龙”去配给站领米？冒着日本兵呼喝，刺刀乱挥乱晃，皮鞭“呼”地抽下来的屈辱，保证被营救者有吃的，有力气上路。

有多少在途中挑担子背行李的挑夫或扶老携幼的“小鬼”？有多少为他们寻找最佳落脚点，担任领路的向导和交通？有多少作为应变随行掩护的学生、工人或普通乡亲？

有多少天天冒着杀头的危险，潜伏在日军各类机构，摄取相关情报和证件，确保文化人安全的情报人员？

毫不夸张地说，营救一个人，必须付出几倍至十几倍，甚至几十倍的人力物力。

文化人不认识他们，他们也不认识文化人。

历史如何记载这些“不认识”？

事实上，无法统计这些个体为了“营救”，贡献或牺牲了什么。

这些以整体出现的人们，同样以整体铭刻在历史的纪念碑上。

有一点是肯定的，罗汝澄也是文化人不认识的其中之一，他并没跟随林冲武工队护送文化人。黄高阳，这位负责沙头角区的领导清楚地意识到，罗汝澄有着惊人的亲和力和组织能力，且头脑清晰冷静。

如此好钢要用在什么样的刀刃上？

黄高阳委以罗汝澄"深入虎穴"的重任。

人们记住了 1942 年 2 月，因为这是"最伟大的抢救"。

历史并非按部就班的单轨列车。1942 年 2 月，大营救进入最紧张阶段之时，港九大队也成立了，而日本则在香港建立政权机构，这些看上去或相联或相悖的事物，恰恰在同一时间交错并行。

可以说大营救需要统一领导而催生了港九大队；也可以说，港九大队的诞生令大营救的各环节各部门更协调更有效率。

1942 年 2 月 3 日，广东人民抗日游击队港九大队在西贡黄毛应村的天主教堂正式成立。

大队长蔡国梁，政委陈达明，政训室主任黄高阳。

大队领导分工，大队长蔡国梁、政委陈达明主管西贡、沙田等地区；政训室主任黄高阳主管沙头角、元朗等地区。

此时，活跃在新界的武工队才向老百姓亮明身份——东江游击队派来的队伍。

老百姓说：你们打土匪打"萝卜头"（日军），早就猜到了。

同样的 1942 年初，日军回防新界。逐步建立统治香港的行政机构，建立严格的户口制度。

这是大营救的阻扼。

不错，日政权管理制度很严密，最高统治者总督下设地方行政部，香港、九龙、新界3区各设事务所，以下再分18个行政区，每个行政区设立区役所（初称维持会和区政所）。

新界设大埔、元朗、沙头角、上水、沙田、荃湾、西贡等区役所，所长由日本人担任。但是日本人急需配备基层行政管理人员，由于人手不足，区长或村长只得由中国人担任，所长和区以下的职员多以招考的方式吸收当地青年加入。

刚成立的港九大队，一下子抓住"吸收当地青年参加"的时机，黄高阳敏锐地逮住这一悖行的列车，物色人选"上车"。

罗汝澄的"潜伏"此时切入。

事实上，港九大队成立前，情报工作并非空白。

《港九独立大队史》记载：插进"新界"的游击队都是经过战争锻炼的队伍，他们深知情报工作的重要性，所以进入"新界"后不久即建立起东西两条情报交通线。东面从沙头角、粉岭、上水至九龙；西面从元朗到荃湾。上面由黄高阳领导，下面有黄云生、罗汝澄、罗雨中等负责联系。

黄高阳秘密挑选了10多位当地青年及当初建立联防队（常备队）时的骨干，进入日本宪兵部宪查队、区役所、株式会社、粮食配给站等机构。

罗汝澄的学历和家境等真实情况，通过了日本人的考查。

新界日本宪兵总部成立之时，罗汝澄被抽调到总部宪查队，任粉岭宪兵总部宪查队长。而他的哥哥罗雨中则兼任粉岭粮食配给处的监管员。罗汝澄的战友袁浩任沙头角宪兵总部宪查队长，陈亮任沙头角区役所户籍课课长……

日本人建立分级政权管理机构的目的很明了，严控人员，严控粮食，严惩反日，严惩反伪。

仅在沙头角这一个1 000多人的小圩镇就驻守了上百名日军警备队，

还有宪兵队 60 多人，密侦队和宪查队 20 多人，沙头角区役所和乡公所职员还有几十人。

沙头角镇内岗哨林立，尤其 3 个海陆出口更是戒备森严，由日本警备队、宪兵和宪查严密检查每一个过往者。

潜　入

罗汝澄所在的粉岭，是新界的交通中心，新界日本宪兵总部就设在这里，除了宪兵总部设立岗哨驻守要道外，警备队也设立了多个岗哨，而便衣密探更在汽车站、火车站以及圩镇之间穿插窥探。往返新界九龙必须经过许多关卡，只要可疑就严刑拷打，即使仅仅发现一张国民党政府的货币也要被杀头。

华人宪查队本身也不安全，日本宪兵队长和伍长对中国人深深疑虑，严密控制，所有的枪支统一保管，只在执勤时方可使用。

罗汝澄和他的战友就在这种严控之下进行情报工作，这“潜入”的艰难险阻可想而知。

罗汝澄与黄高阳单线联系，一位天天来往粉岭和沙头角的“报童”陈鸿专责将罗汝澄的情报转交黄高阳。

罗汝澄的哥哥罗雨中也“潜伏”在粮食配给处任监督员。配给处也设在粉岭安乐村，与新界宪兵总部相隔不远，配给处的职工因发了大白臂章佩戴，不用检查通过岗哨，他们暗中复制几个，游击队队员等戴上臂章可顺利通过日军岗哨。

罗雨中沉稳谨慎机智，港九大队不少信件、情报、纸币，以及需要通过关卡的人员，都由交通员带到离配给站不远的祠堂，再交穿着配给站服装戴着大白臂章的罗雨中带着经过宪兵总部岗哨，粉岭和油麻地火车站的检查哨，送到港九市区目的地。

沙头角小学，抗战期间成为东江抗日游击队的秘密交通站。（深圳史志办资料）

营救文化人一般走东西线，但紧急情况也会有例外。

罗雨中先后接受过几次紧急任务，先为文化人化妆成商旅，再从九龙油麻地坐火车经粉岭，安全通过日军宪兵总部岗哨，顺利抵达沙头角交通站。

这些“潜入”无疑对大营救起了重要作用，表面上的宪查队长、区长、村长、文书、杂役，不少由游击队内线担当，他们利用各种机会，获取日军扫荡之情报以避开锋芒；造假名册多领配给粮以供应文化人和营救队伍；开出良民证以通过日军岗哨……

这些潜伏，断绝了和所有同志的来往，与虎狼相处还要装扮成虎狼，孤独、艰险，睡觉都得睁一只眼睛。只有当那单线联络人与自己眼神相对的瞬间，才感到理解和温暖。每当夜深人静，想念沙头角常备队，想念和战友们一起的生活。这些一起，是黑暗中的支撑。

这些都是大营救得以成功的缘由，众多的文化人一个个在日军的眼睛鼻子下人间蒸发，可见一斑。

1942 年 7 月，大营救工作基本结束之时，港九大队根据情报分析，日军有可能危及罗汝澄的安危，决定罗汝澄撤出粉岭日军宪查队。

我们中国人不抵抗就只有**白白等死，拿起枪**，组织常备队，**保家卫国，不当亡国奴！**

日军令老百姓面对没有选择的**死亡**，罗汝澄们让他们**看到生的希望**。沉默，令死神颤抖的**沉默就这样诞生了**。

第二章

令死神惊颤的沉默

西 贡

1942年7月，罗汝澄奉命撤离粉岭日军宪查队。

他回来了，这是什么感觉？在队伍中，可以闭上眼睛睡一个安稳觉了，只有深入过虎穴的人才明白此种感受。

他真的很想睡这种没有杀戮的安稳觉，可他没有睡，在战争的苦痛中，安稳并不存在，等胜利后再好好睡吧。

罗汝澄接到了港九大队的新任务：筹建西贡常备队。此时他更名为李澄。

西贡，早在14世纪就有渔民居住，西贡圩之名源于明初，郑和七次下西洋后，不少东南亚、中东沿海、东非等国也来明朝进贡和贸易。西贡便是朝贡船只停泊的港口，久而久之，西方来贡就成了这里的地名。

九龙半岛的东北方就是西贡地区，这里山峦起伏，林木葱郁，峻岭秃山绵延数里错落交叠，山谷之间隐藏着稀疏的客家村落。村子很小，小的仅有一两户人家，大的也就十户八户，数十口人。

西贡半岛酷似多棱角的“石九公”鱼，三面临海，海岸线曲折弯曲，海湾就圈在“石九公”大小不一的棱角之间。如此逼仄的海湾还硬挤进大大小小的岛屿，小船七拐八拐必定会迷了方向，只有熟悉的西贡渔民喜欢这样的海湾，和平时期这里小船穿梭渔歌缭绕，圩里尽是渔栏摊贩，热闹非常。

日军扰乱了一切，残酷的战争令这里也成为杀戮之地。

2015年6月，汝澄和欧锋的孩子们，罗志威、罗凯明、罗志红等聚集一起，带着笔者，从他们的家乡石涌坳开始，沿着海岸，经过沙头角海、大埔海、西贡海，沿着蜿蜒的海岸寻觅，战争的记忆和足迹还在吗？直至驻足在西贡抗日英烈纪念碑前仰望……（张黎明 摄）

年轻的罗汝澄，面对西贡海，面对万花筒般变幻着的港湾和海滩，或远或近，急弯骤拐，多姿多彩，美得让人窒息，让人醉心，如此不可复制的西贡美景，多想沿着海岸，遥遥地看，慢慢地绕。可是，他无法细看，几乎每天都脚步匆匆跋山涉水，在昂窝、黄毛应、赤径、大浪、嶂顶、嶂上等山村，和乡亲们交朋友，告诉乡亲们，我们中国人不抵抗就只有白白等死，拿起枪，组织常备队，保家卫国，不当亡国奴！

他走村过户，一分钟也不曾闲。

他说，打日本仔！

人们不相信，赤手空拳，能打日本仔？

他说折断一根筷子容易，一把筷子，试试？

真的有壮年汉子试了试，怎么会折不断？

他说，沙头角的常备队，从无到有，一村有事，村村相帮，这就叫团结。

这个相貌如此俊美的年轻人，猛一看有点像观音娘娘，他真的有一颗菩萨心，笑眯眯地跟着乡亲们下地干活，帮大娘们烧火做饭。

第一个被感动的乡亲重复了罗汝澄筷子的故事。还说，别的村团结了，西贡的村子为什么不可以？

有了第一个，接着就有了下一个，一个串联一个，乡亲们悄悄传递着罗汝澄的信息：把日本仔赶出中国！

就这么一句，就像当初筹建南涌联防队（常备队），队伍很快发展至近百人，大浪村青年会长、海员张兴担任队长，赤径村的范发担任副队长。政治和军事训练由港九大队组织，罗汝澄担任常备队军事教官，队员们喜欢这位年轻的李澄教官，大大小小都叫他李教官。

军事教官，教什么？

这些普通乡民组织起来的队伍，基本上没有摸过枪。

罗汝澄细细琢磨，根据自己的经验，定出军事课的主要内容：武器的构造和使用，尤其手枪、冲锋枪、手榴弹的使用；装填子弹瞄准射击；爆破埋设地雷；观察地形地物；夜间搜索摸营通信联络；战斗组织与互相配合；站岗放哨警戒；抓捕的技巧；受伤急救包扎；行军注意事项。

只有经过严格的军事训练，才能够有效地保存自己。

1943 年春夏之间，常备队整编为港九大队西贡中队。罗汝澄尽管只

欧锋拍摄的东纵照片中，最多的是军事训练图，武器，除了缴获的日军武器，就是英军溃退遗留的枪支弹药，欧锋按下快门的这刻，心里充盈着展示的喜悦。（罗欧锋 摄）

有22岁，从筹建南涌常备队至今，足以证明他独当一面的能力，港九大队西贡中队首任队长的重担落在他的身上。

西贡中队初始的活动范围在高塘、赤径、大浪村一带，逐步扩展至沙田区、坑口区直至整个西贡半岛。西贡中队也在坑口、沙田、北谭涌设置了交通情报站，各区情报由此转发到中队部。

翻开罗汝澄的简历，这几年，每年几乎只有浓缩的一句话：1943年（22岁）任港九大队西贡中队队长；1944年（23岁）任港九大队沙头角中队队长；1945年（24岁）1月任港九大队副大队长（9月参加袁庚为首的中方代表团与英军会谈。10月任中共香港某区区委书记）。

……

1956年6月开始，罗汝澄担任佛山市委第一书记，在任近10年，创建了许多让人惊叹的佛山奇迹：上千年历史却连城市排污管道都没有的古城佛山，一平污渠，二填污泥塘，三挖人工湖，四修排污下水道，令佛山成为“全国爱国卫生红旗市”。佛山人评价他，才华横溢，胆略过人，实在无半点夸张。

却鲜有人知道这样的小事。

这天，一群香港西贡乡民来到佛山市委探亲，“亲人”正是罗汝澄。

谁会想到这位文雅不失威严的书记一见“亲人”，竟变得像个毛头小伙，无拘无束，互相拍打着肩膀，互相瞪着眼睛辨认，互相争抢着说和笑，书记办公室从来没有这样欢声笑语和喧哗过。

这些西贡百姓并非有事相求，真的是探亲，只是想“李教官”了，怕有10年没见了，再不见就走不动了；有真走不动的，也托了儿女来认一认“李教官”。

乡亲们一起来看“李教官”，你说我说，没有离开当年的旧事，说多少回都不嫌啰唆。

“李教官是最好的好人，记得西贡那个土匪吴华仔吗？日劫夜劫，神憎鬼厌！”

“李教官带队打了西贡教流湾他的土匪窝，活捉了吴华仔。我们在西贡高塘村召开群众公审大会，附近十多条村庄的老百姓都参加了，记得吗？”

“记得，负责公审的就是李教官。公审时，如果游击队不拦住，我们老百姓就活活打死他。”

“李教官为西贡除了一害。”

说亲，说情，心满意足了，要走了。

罗汝澄送别的时候，就像当时中共中央总书记邓小平视察佛山市的卫生工作那样，全陪。领着他们看，走完一圈，还特别领到市委办公室，告知办公室人员：这是西贡来的乡亲，一定要好好接待他们，以后如果我不在，他们来了，你们也一样要好好善待他们。

西贡，到底是什么令罗汝澄如此动情？

亲　人

西贡属新界地区。

西贡圩在西贡半岛的南面，面向西贡海，本来就是个渔村，人口也仅 1 000 多人。圩内有几十间经营各种生活用品的商店，码头泊着满载鱼鲜的小船，岸边聚集了各类海鲜水产的摆卖小摊，附近各村的渔民常常来此聚集，渐渐成了当地的商贸聚集地。

西贡与九龙市区相连，更与大鹏半岛隔海相对，一过大鹏湾就是东江游击队活动区，沿海的居民几乎都有船只。1942 年初的大营救，东线的海路起点就在此地。

港九大队大队部自成立开始，基本长驻此地，罗汝澄说要永远善待的西贡百姓，是什么样的百姓？

如果用一句话，就只有四个字：恩重如山。

罗汝澄说自己是西贡的儿子。

这不是戏言，这是真的。在西贡近两年，赤径村的刘娘特别喜欢这位白白净净，说话和风细雨，亲亲地一喊自己“阿娘”，眼睛就会笑的李教官，实在让刘娘心疼。

家里有那么一点点好吃的，杀了鸡，宰了鱼，做了糍粑，蒸了茶果，刘娘会一家一户地寻，就像母亲找儿子回家吃饭那样的急盼。有乡亲说今天“李教官”在他家吃饭，该轮到他们家了。

泰 河 HO

2015年6月的西贡墟不大，60多年前的它或许更小，只是个小渔村，人口仅1 000多人，内有几十间经营各种生活用品的商店，码头泊着满载鱼鲜的小船，岸边聚集了各类摆卖海鲜水产的小摊，附近各村的渔民常常来此聚集，渐渐成了当地的商贸聚集地。然而西贡与大鹏半岛隔海相对，一过大鹏湾就是东江游击队活动区，沿海的居民几乎都有船只。1942年初的大营救东线海路就隐藏在西贡蜿蜒的海湾里。（张黎明 摄）

罗汝澄笑得多灿烂，他说自己是西贡的儿子，能说不是吗？客家人喊自家的孩子，不论男女都叫“阿妹”。在西贡，喊他“阿妹”的不是一个，在静僻无人的旮旯，或海湾或山村，常有这样亲的一声叫喊“转屋卡”（回家），那些拉着汝澄去“屋卡”尝海味或茶果的西贡阿婶们，真的把汝澄当成了儿子……（罗欧锋 摄）

刘娘不答应，不行！怎么不行？阿娘说回家就回家，儿子就要听阿娘的。

刘娘的家就是罗汝澄的家，谁也抢不过刘娘。

这份西贡阿娘的亲情，普通且实在，罗汝澄记了一辈子。

……

西贡有刘娘，还有凌娘，罗汝澄记得清楚。

一位西贡昂窝村的客家农妇，两个儿子一个在家乡务农，一个参加了游击队。她家处于村中的最高处，屋子后面有大片密集的松树林。奇怪，扫荡的日军一到这松树林边就却步不前，那树林枝繁叶茂深不可测，似藏了让他们惊恐的鬼魅。或许因为这，港九大队的大队部和军需处都设在她家。

凌娘的家，战士们人来人往，几乎进门就喊“阿娘”。阿娘在客家的语言里，是孩子对母亲的称呼。她很喜欢，不是称呼，她真的待罗汝澄那些游击队员如亲儿女一般。

烧水做饭不说，尤其行军打仗受了伤的，只要她知道了，准上后山，多艰难的山都阻拦不了她，采好草药熬药敷药，成了阿娘医生。

1943 年初，游击队民运队员梁雪英在凌娘家病倒了，战友们轮流守候她，还给她“钳沙”，凌娘杀了只公鸡敷心窝，可她一晚上被抢救好几次，昏昏迷迷，病情危急。

部队特地到西贡圩请了老中医，老中医一看舌头都黑了，连药都不肯开。说是大热症，出“标蛇”，可能活不了。战友们心里一阵紧缩难受，可一想到当地老百姓信鬼神，如死在凌娘家的阁楼，怕凌娘无法接受，动手要把雪英抬到草屋。

凌娘一听泪水下来了，使劲摇头：医生不肯治，我来治，治不好在我家死了也不怕，她是个救国救民的好人。

凌娘说罢蹬蹬蹬跑到屋后，砍芭蕉树，锤芭蕉汁，抱起雪英，哽着嗓子，一边喂，一边叫“阿妹”（客家人不分男女都这样叫儿女）。

几汤匙喂了，雪英咽了，眼睛睁了睁，几口芭蕉汁，心里凉凉的，浑身的烫热下了些许，舒服。

雪英清醒点了，竟然要求再喝点芭蕉汁。

凌娘笑着哭，哭着笑，一口一口喂芭蕉汁，雪英听话地喝足了芭蕉汁。

几天后，雪英活过来了。

凌娘一句“救国救民的好人”，把什么都说彻底了。

罗汝澄和所有活动在西贡的游击队员都知道容娇。

1943年，丈夫早逝的容娇，儿女和小渔船都是她的命根子。从大营救开始，不知道运送过多少文化人，也不知道运送过多少物资，更不知道运送过多少游击队员、情报、书刊。最舍不得的运送就是把儿子石来福送到了海上游击队，从这时候起，母女俩驾船出海运送的时候，就不再是帮助游击队运送了，那是为自己，为儿子运送了。

这令她的脊梁特别硬朗，每天摇着小船也格外踏实。

海面上常常有巡逻的日军舰艇，看见日艇之时，只有几十米的距离。

容娇一点也不慌张，或让游击队员悄悄下水，或躲在船舱，她自己还是那样一晃一晃地摇着船，该干吗就干吗。检查的日军一看，普普通通的渔妇母女，毫无破绽，就过了。

更危险的是1943年初，游击队短枪队员正在西贡圩，突然日军从海上和陆地一起包围扫荡，容娇母女悄悄把短枪队员藏在小船里，摇着晃着送到了桥嘴村。

查出来，容娇会被杀头的，容娇怎么能不知道。

被日军屠杀的人，摆在路边，挂在树上，吊在城门上。每次看到，这种死都很触心，容娇很多天都会不舒服。

可她还是运送，自己说不出什么道理。

罗汝澄有很多西贡朋友，一如凌娘、容娇的她们实在太多，北谭村的新姐（李亚新）、烂泥湾村的辛娇（李辛娇）等，甚至西贡第一任维持会会长李少钦，也被怀疑私通游击队被捆去宪兵队，严刑拷打，却守口如瓶。而西贡区的渔栏老板徐观生，亲自到游击队驻地山寮找游击队，让队员们住进自家的“徐氏家祠”，还动员商号多报粮食，支持游击队。

他们都是舍了命帮游击队的，还有不少罗汝澄叫不上姓名的百姓。

也是1943年春天，日军在西贡大扫荡，港九大队领导机关就隐蔽在大浪村螺湾的海边山洞，从洞口就能看见日军的巡逻艇穿来穿去，封锁交通要道。

大家躲在洞里，缺粮缺水，白天不能生火。一天天过去，日军还没撤。

老百姓比洞里的人更急，大浪村的女人们，挑着粮食柴火，摸索着黑夜里那没有路的路，来了。要知道，西贡的女人很传统，除了逢年过节，平日很少走街串巷，更不用说深更半夜了。她们不怕黑？怕，怕极了，大白天上山割草都要三五成群结伴。可是，这是给游击队救命的，不想这么多了。

罗汝澄常常去的黄毛应村，港九大队宣布成立的教堂，大队部曾经驻扎之地。

黄毛应村，一个只有 30 多人的小村子，10 名青年里 5 名参加了游击队，没参加游击队的也参加了游击之友、游击小组、青年会、妇女会等抗日组织。

1944 年秋，有天半夜，日军静悄悄地把黄毛应村围得严严实实。

在西贡这样的山野里，没有熟悉的人，日军绝对是睁眼瞎。真有一个叫杨九仔的叛徒，这个西贡新窑人，曾在港九大队担任炊事员，因贪污伙食，被关禁闭审查，他撬开窗逃走了，躲在西贡圩内。日军西贡宪兵队队长员外获知消息，心计很足的队长让杨九仔知道，只有靠上日军这座大山，才不用东躲西藏。杨九仔投靠了日军，从此员外扫荡必带这根瞎子拐杖。

村民们被赶到教堂门外，领头的是员外和警备队队长井上，杨九仔在人群里转了又转，就是没发现游击队员。

杨九仔如何向员外交代？他指出家有参加游击队的人，游击队员邓振南、邓民友的父亲邓福，游击队员邓戊生的弟弟邓德安。

邓福和邓德安，以及邓戊奎、邓石水、邓三秀都被抓到教堂里面。

员外拔出寒光闪闪的刀，“嗖”的一声架在邓福的脖子上，邓福有两个儿子参加了游击队。只要邓福说出游击队藏在哪里，刀子就放下。

这位老人不言不语显得很木讷。

员外笑着，几个兵按倒老人，鼻子堵上毛巾，一盆一盆水往他嘴里灌，他呛了，水没停，他眼睛翻白，窒息了。

日军往邓福脸上泼冷水，他醒了，还是很木讷。躺着和站着没有什么变化，半句话也没有。

员外下令在他的肩膀横压上一根坚实的扁担。

两个两百多斤重的日军，一头一个，腾地站上去，跷跷板上下一蹦，邓福呻吟了没半句，突然嘶声惨叫，脊梁骨断了。

员外要他说，他不木讷了，痛苦在他的脸上扭曲成一盘麻绳，他甚至没有瞪目怒视，只是眼睛紧闭，连头也不摇。

员外厉声要他说。

他还是没有动，眼睛开了一条缝，缝里闪了闪，一个老人柔弱无比的目光，瞬间熄灭又亮了，游弋了好几秒，但没落在员外身上，那点弱弱的光停在了几双脚板上，邓德安他们的脚。

员外是不存在的。

员外突然震怒，像被什么猛推了一把，挥刀振臂嗷嗷大叫。

士兵用绳索绑起老人双手，吊在教堂的横梁上，点燃了地上的禾草，火苗呼啦一会就升得比邓福双脚还要高。

痛楚！不知道有多痛。员外又笑了，邓福老人叫喊了，扭动着自己身体能动的地方，他用尽了力气也只是微乎其微的趾头能动一动。直到不动了，他被扔出教堂门外。

员外先拿一个老人开刀，邓德安等几个年轻人目睹一切，就为了达到杀鸡儆猴的效果。

邓福昏迷后，员外开始折磨年仅 20 岁的邓德安，他的哥哥也在游击队。年轻人总是说不知道，于是如邓福老人一样，被吊在屋梁上，点燃了火，火苗子也一样摇晃着往上蹿。

年轻人大喊大叫，但没有说出员外想知道的，火把他裸露在外的皮肤烧焦，骨肉全都凸现在外，邓德安也昏迷了。

邓德安昏迷后，开始烧邓戊奎，程序没变，不说就添加稻草。直到绳子烧断了，邓戊奎整个人掉进火中。

最后，问不出游击队下落的日军，洗劫了整个村子，抢去所有能够带走的鸡鸭猪牛，离开了。

3 天后邓德安不治身亡。而邓福老人治疗了半年，才能下床。邓戊奎治疗 3 个月才能够走路。

这些舍命不肯出卖游击队的，都是西贡极其普通的农民。

1944 年秋末，西贡中队处决了杨九仔，折断了员外的拐杖。

话说回来，他们不是一个容娇，一个凌娘，或一个邓德安，一个邓福，他们是西贡众多的百姓。

这些普通人，平日里求得最多的就是温饱，似乎没很多关于精神的追求，关于生死的终极追问。然而，面对现实的生命威胁，那种难于想象的，没有什么词语可以准确表述的坚韧，能说不是精神吗?

从最浅白的角度理解，为了保护自己参加游击队的亲人，他们的命可以舍去。

但是，所发生的，又何止西贡人，何止亲人。

百　姓

离罗汝澄家乡不远，有一个700人的大村庄——乌蛟腾。

1942年9月25日，日本沙头角的警备队和宪兵队300多人，清晨分三路包抄乌蛟腾村，这不是西贡那种山间里的小村落。这是大村子，日军上下翻找，逐家逐户地搜，没有搜到一支枪，没有搜到一个游击队员。

游击队的确就在乌蛟腾村活动，日军到来前已经接到情报，安全转移了。村子里民兵的枪支也藏好了。

日军把700多名百姓赶到晒谷场，四周架着机关枪。然后一个一个拉到祠堂。只有一个问题：游击队在哪里？枪在哪里？

区役所指定的村长李世藩，首先被拉到祠堂审问，日军好处说了不少，李世藩耳朵没有聋，要他供出游击队的所在地，当真正的汉奸罢了。

他默默无言，眼神定定地，没有说好，也没有说不好。

日本人讨厌这副表情，把刀架在他的脖子上，不说要杀头。

这个40多岁的中国壮年人一定怕死。没有不怕死的人，如果他要活，就得说出游击队在哪里，说出村里民兵的枪藏在哪里。

事实上，村长和游击队无亲无故。但游击队是村长送走的，那枪也是他和大家一起藏的。

日军当众一面吊打一面问。李村长摇头，日军继续抽打，抽打，抽得皮开肉绽。村长不再沉默，他痛得嗷嗷大叫，可听到那个问题，还是摇头。

日军在香港使用的酷刑，最为常用的就是灌水。

1942年9月25日，日本沙头角的警备队和宪兵队300多人，分三路包抄乌蛟腾村。在这个小村子上下翻找，逐家逐户地搜，没有搜到一支枪，没有搜到一个游击队员。（张黎明 摄）

1942年，日本军扫荡乌蛟腾村：游击队在哪里？

村长李世藩被拉到祠堂，他守口如瓶，结果硬生生被弄死了。接着另一位村长李源培，一样的问题也一样回答：没有。

抽打，直到他的左手断了，牙齿缝挤出的也还是“没有”。

灌水！几个日本兵抬出几十斤重的木梯压在鼓胀的肚子，日军累了，让军马胡乱践踏，水从村长的七窍喷射而出，无数次的死去活来，李源培休克了……（李玉森 供图）

他们还是先用毛巾捂着村长的鼻子，一桶桶水倒在毛巾上，只要呼吸就得张嘴。不一会，肚子里灌满了水。

日军把木板横在鼓起的肚子上，站在上面，水从耳鼻喉喷射而出。

灌水，特别能摧毁人的意志，人一点一点感到身体的哀求，身体每一次准备放弃，却被人的精神战胜，于是坚持着，坚持着，精神和身体互相矛盾也互相慰藉，精神还在坚持，身体却放弃了，倒下了。

反复多次，起先村长还微微摇头，后来不摇了，他死了。

游击队在哪里？日军面向700人咆哮。

一片黑压压低垂的头，村民没有说话，死寂无声。

一位村长死了，接上另一位村长李源培，此时他的女儿没参加游击队。

重复着同样的问题。

村长没有重复前村长的摇头，他谦卑地说：没有。

没有？拉到河边，抽打，踢打，村长的左手断了，他从牙齿缝艰难地挤出“没有”。

重复同样的灌水！

不一样的是，几个日本兵抬出几十斤重的木梯压在鼓胀的肚子上，日军累了，就换成军马胡乱践踏，水喷射而出，从所有能出的孔缝。村长静了，日本兵翻晒咸鱼那般呼啦一翻，村长的脊背朝了天，往背部撒满烟丝，然后点火慢慢烧，一点点烧，烟和焦烤皮肉的味道也一点点弥漫。

村长昏迷了，冷水一泼，醒了，说不说？不说，再烧，无数次的死去活来，李源培休克了。

日军以为他死了。

夜晚，日军撤退了。

日军走了，村民赶紧把李源培抬回村子，大家和游击队医生合力抢救，他醒了。

乌蛟腾村在香港新界大埔的东北面，2005年笔者去村里找一个叫李汉的人。

村子静寂，几间并排的小祠堂前面有条仅可走一人的石头小径，仿若无人居住的乡村雕像。

一位撑着格子蓝布伞的老者，笑眯眯地从小径走过来，一双棕黑拖鞋，绵软的脚步落在硬石上。温和的眼神让人联想那种在沙漠中缓缓行走的骆驼，行走的速度也像。

他就是笔者要找的抗战时期乌蛟腾村的儿童团团长——李汉。问老人：这里变化大吗？

他说没有变多少。

他是日军暴行的见证人。他就是图片中间的那个男孩。（李汉 供图）

李汉，话语不多，关于当年，只说：村长被打得一身都烂了。

用自己的生命保护别人的生命！

李汉摇头，这个游击队不是别人，是自己人。

他的话说得很“同志”：日本仔一来，游击队同志就组织群众，来这里的是“摩啰差”（欧巾雄），这个人非常好，游击队有武装同志，她不是，她组织群众。很奇怪，男男女女，老老少少都听她的，她是马来西亚华侨，第一个来我们村里搞民运工作。（张黎明 摄）

女儿李玉森（小名阿娇）泪眼模糊：阿爸！

李源培迷迷糊糊看到女儿，原来自己这条命还在，好一会缓过了气：娇仔，你马上参加游击队。

还有罗汝澄不熟识的杨伯，他和游击队非亲非故，元朗十八乡的马来西亚归侨杨竹南。

黄泥墩村的山上有他家的祠堂“适庐”，大营救时期借给游击队使用，成了大营救的接待站，一批批文化人进进出出。日本人听到了风声，1942 年夏末初秋，抓了他，同样吊打灌水，同样绝食数天，用尽酷刑也没有令这位年近60的老人屈服。放出来，养好伤，他丝毫不惧，还是那样接待游击队员。

宁死不屈，这几个字，顺手写来轻松容易，一旦需要面临死亡的时候，选择屈辱的活或保留尊严的死。选择尊严，得有一种怎样的坚强和勇气？

当今有对那些让人不可思议的牺牲进行条分缕析，甚至从生理耐受极限角度质疑坚韧的可能性，进而否定英雄的存在。

这不是什么新论断。日军早就经过心理生理的各种试验，“灌水”等种种酷刑绝对超出人的生理承受极限，肉体在受刑过程承受不可承受之痛苦，这种持续不断的痛楚，确实可以彻底摧毁人的意志。

但是，在这些看上去木然无助的老百姓面前，失效了。

这些百姓常常只有一句话：大不了一个死！

他们如此说，神态好像说吃饭睡觉一样的自然而然。事实，他们不过是那个年代的普通中国人，用最普通的语言诠释英雄的定义。

大不了一个死？不就是死吗？

日军很清楚死亡的打击力，可他们不清楚这些普通的百姓，绝望中会产生令死神颤抖的力量。

罗汝澄每每想到这些老百姓，都只有四个字：恩重如山。

希　望

1942年2月20日，香港的日本占领地总督部正式建立，侵略华北有功的矶谷廉介被任命为香港总督。原汇丰银行的15楼插上一面老百姓称为“膏药”的旗，大厦贴出矶谷廉介署名的布告：香港乃日本的占领地，尔等香港居民须绝对服从总督，若有违反，定予严惩不贷。

矶谷廉介的《军法会议法令》规定，凡“有阻碍军政法律实施的行为，有通敌或不稳的嫌疑或行为”均严刑拷打，甚至处决；为使香港人口从160万减到70万，日本士兵开着军车到处围捕市民，逮着了就强行疏散，赶猪那样赶上汽车，运到收容棚寮，凑够2 000人就装一机动帆船，运往内地或东南亚，途中因风暴被风浪打翻船的惨死者不计其数；日本军票1元兑换港币8元，香港人的财产一夜之间被夺去3/4；他下令，凡在山林中砍折树枝者一律枪杀，凡在黄昏后灯光外泄者，都要受严厉处分；他在香港湾仔一带修设500家军妓院，供日本官兵玩乐；他以200万日元巨资修建豪华的香港总督官邸，日本东京著名艺妓小松、香港酒馆的女掌柜和其妹妹都被召进总督府供玩弄；他修建香港神社，强行赶走2 000户居民，拆毁400间房屋，搜刮香港市民200万日元。

香港大街小巷百姓尸骸遍地，家破人亡的流浪者无数。

老百姓被刺刀逼着面对死亡，几乎每天醒来都会问，今天轮到谁？所有的震惊变得木然，变得只会在心里忐忑的时候，心会在瞬间突变：反正都得死，不就是死吗？

结果就是这些舍命为游击队的人。

而更重要原因，生存，对生的渴望。罗汝澄怎么会不明白，自己的游击队是当时留在香港的唯一的抵抗力量，是老百姓的唯一希望，血肉相连的希望。

翻开《港九大队史》《西贡中队史》，可以看到一些很琐碎的记事。

1942 年，日军为了强化九龙市区的统治，不断疏散市区居民。有一回，把市区几百名老百姓赶到西贡烂泥湾，他们没有粮食，没有遮风挡雨的屋子，没有治病的医生药物。这群被日军当成野狗赶出市区的难民，不少饿死病死，尸体多得满布山头，腐臭熏天。游击队民运干事刘志明用区长名义，为活着的难民施粥治病，并为他们引路返回九龙市区。

香港沦陷后，日本军票被定为法定货币，且不断贬值，形同废纸。香港不少商店停业，香港上海汇丰银行、渣打银行和有利银行等英资银行均被令停业。最困难是粮食短缺，日军实行配给制度。持配给证者，每人每日获配米 6 两 4 钱。这 6 两 4 钱并非今天的称制，是 1 斤为 16 两的老称制，这 6 两 4 钱本来就吃不饱，接着减成 4 两，最后减至 3 两 2 钱。

尤其是 1943 年的广东大旱。

这 1943 年的广东大旱，旱到什么程度？田地满布一道道干裂的缝，每条缝有蚯蚓那样粗大，所有的庄稼都旱死了。

老百姓不说干饭，能吃上几粒米的稀粥已经很好。上山挖一切可以吃的东西，什么都吃，野草、树叶、芭蕉树芯，吃一种可以磨成粉的“硬板头”（类似土茯苓），肚子吃得鼓胀。有的人走难讨饭，卖儿卖女，走不动就躺下。路边树下，村后小坡，荆棘丛，摊晒了一具具半死或饿死的尸体……

某些广东小县城还枪毙过“吃人犯”，人犯跪着，身边有吃剩的小孩脑袋和一双手臂。饿得没有办法，吃人充饥，成了“吃人犯”。

1943年广东大旱，到处是已死或半死的“人”，乡民们靠山吃山，上山打猎自救。在罗欧锋“打猎归来”的镜头中，看到了活路。（罗欧锋 摄）

当年广东省死于饥饿的据说有300万人，约占当时全省人口的10%。

香港也不例外，就连黄毛应那样的小村子，30多人竟然饿死了八九人，有一家7口就饿死了5人。

天灾人祸当前，谁救老百姓？

1943年2月以后，日军的配给米限额减至3两2钱。

罗汝澄他们行动了，此时此刻的血脉相连就变得非常具体和细微。

游击队生产自救，开荒种地。罗欧锋当时负责军需，这是最不好当的“官”，没有吃的，到处都闹粮荒，从哪里找吃的？这是他想得最多的问题。自救，这也是他干的最多的事情，当然就有了这两头小牛和一个开荒的人，一看就知道这牛的日子更不好过，这么幼小的牛都得拉出来干活……(罗欧锋 摄)

他们走家串户，根据各村实际情况，想了各种方法。

有些村子帮乡亲们组织互助合作社，到香港九龙购买棉纱、布匹、煤油、火柴、西药到内地卖，再买粮食等生活用品回村。

有些村子组织村民上山开荒，养猪种菜。老百姓没钱买猪苗，游击队组织购买猪苗，借给老百姓，猪养大了，猪苗10斤就还游击队10斤猪肉，猪苗没养活，也就不用还。老百姓种田没谷种，游击队到东江游击区想尽办法筹措谷种，借给各家各户，收成后，借多少谷种还多少谷子。

十四乡粮食失收，日军还让乡长强行征粮，民运队员方汉光策划组织村民抗交。请乡长直接和日军头目报告，让日军亲自到村里征粮，这一报告，日军权衡后就心虚了，驻兵力薄应付不了，哪敢亲自收粮？游击队还组织生产自救会，乡民们上榕树坳、马鞍山、樟木头的密林里砍柴去大埔圩卖。

罗汝澄所在的西贡，海湾海港大岛小屿，众多渔民的日子更艰难，渔民天天打鱼出海，强体力劳动，没有种粮食的土地，完全靠配给米，3两2钱米，只能天天喝稀水一样的粥，喝得头昏脑涨，全身水肿，有气无力，要碰上生病就是死路一条。

于是北谭村成立了供销合作社，由刘恩胜、黄亚胜负责到内地购买粮食等，缓和了灾情。

西贡的渔村也办合作社，西贡中队的民运干部肖春亲自带渔民驾船去东江游击区，请当地游击队员帮助购买粮食运回西贡，帮助渔民渡过难关。

……

看起来都是些芝麻绿豆般的小事情，可在老百姓的心里，是生命攸关的大事。

他们心里清楚，这艰难这沦陷，这日本人的铁蹄下，撑着他们，令他们有活路的，只有港九大队。

罗汝澄他们让老百姓感到了只有亲人才有的温情，是最好的好人，信得过，讲公道。

最好的好人？老百姓能不知道罗汝澄他们这些好人的日子也很艰难，并非吃喝不愁，还帮老百姓，所以就有了“最好”。

罗欧锋镜头下的游击队员生活。吃饭，看上去很香，不说桌子，连个板凳都没有，看不到菜盘子，盛饭的也就是一个口盅。蹲着咧开嘴笑的游击队员，很明显，这是被罗欧锋从队伍中叫出来当模特的。这游击队员可以炫耀什么？就一脸笑了，他放开了自己的嘴巴，让笑充满了它，还把小勺放在边上，一个吃的动作把欲望说得明明白白。

（罗欧锋 摄）

是的，好人的日子也艰难。

1941 年底太平洋战争全面爆发后，中国香港、菲律宾、泰国、新加坡等地相继陷落，东南亚已成战场，抗日华侨已无力支援国内抗日，东江游击队的经济来源断绝了。香港抗日爱国统一战线解体，无法筹集抗战资金，为游击队购买医疗器材和枪支弹药。再加上 1942 年日军扫荡广东各游击区，游击队举步维艰。

游击队的生活也陷入困境，有时候，几天吃不上一顿饭。没饭吃，靠队员们自己在山上找田鼠、兔子、蛇，以及各种野草、野果充饥。

罗汝澄很明白，眼前的战士们，无非就是拿起枪打日本鬼子的老百姓。没有军装，穿自己的衣服，大多数人衣服就一件，干了又湿，湿了又干，破破烂烂，还不如今天的乞丐。

如此艰难，罗汝澄他们为老百姓着想，省出口粮救济饥饿的难民，还千方百计想法子帮村里找走出困境的路子。

这样的血肉相连，老百姓看在眼里，怎么不是最好的好人？

结果，不论村里发生了什么事情，乡民争田水，邻里纠纷，夫妻吵架等，全都找罗汝澄他们评判调解。

西贡渔民找到游击队帮忙解决他们和渔栏主的矛盾。过去，渔民在鱼汛前向渔栏赊借款项购买生活用品和捕鱼的生产资料；鱼汛期，渔民捕获的鱼全部交由渔栏出卖，价格任凭渔栏定。渔民不甘渔栏如此“大刀砍”，很不合理也很无奈。

于是港九大队的民运干事方觉魂在西贡圩召开渔民代表和渔栏老板的会议，共同商议改革制度，实行公平交易，结果双方都很满意。这种方法推广到塔门岛、吉澳等渔村，效果也很好，游击队深受渔民爱戴。

这些罗汝澄游击队的民运队员就在身边，几乎村村都有他们的身影。这些不带枪的游击队员和当地农民无异，讲客家话，穿客家衣，还下地

在所有游击队“自救”镜头中，这张“干河捉鱼”是最快乐的，一点也看不到那吃不饱，那饿肚子的愁苦。有几位游击队员高举着鱼，也许是为了让拿着“莱卡”，卷起裤腿，前前后后捕捉镜头的罗欧锋节省一点体力……(罗欧锋 摄)

港九大队各中队分布示意图
〔一九四四年〕
港九大队在战斗中发展为八百多人的队伍。部队遍布九龙市区、新界和大屿山。从日军占领香港到抗日战争结束，在港九地区坚持了三年零八个月的抗日游击战争。
深圳
南关
沙头
上水
粉岭
南涌
沙头角中队
元朗中队
元朗
大埔
深圳湾
大鹏湾
西贡中队
赤径
大帽山
荃湾
沙田
西贡
海上中队
市区中队
大屿山
大屿山中队
东涌
香港
果洲群岛

港九大队各中队分布示意图。港九大队从1942年成立至1945年日军投降止，从几个武工队发展为下属西贡、沙头角、元朗、大屿山、市区、海上等6个中队，一个留守处和各区民运工作队，从几十人发展到近千人。

（深圳东江纵队老战士联谊会资料）

或出海帮农家或渔家干活。

这是什么关系?

老百姓的话直白简单：切肉不离皮。

结果就是参加游击队，拿枪打日本人，打死一个够本，打死一双有赚，大不了一个死。

日军令老百姓面对没有选择的死亡，罗汝澄们让他们看到生的希望。沉默，令死神颤抖的沉默就这样诞生了。

就是这些普普通通的老百姓，令港九大队，令曾生的游击队得以生存和壮大，令罗汝澄永远感恩。

罗雨中经历过棒打、冷水灌、吊飞机、电摩、十指钉竹签以及绝食禁水和假枪毙等肉体和精神折磨，这种肉体上求生不得求死不能的“死”感，战胜它比战胜死亡更难。意志和智慧令他走出死亡，更准确地说是死而后生，是凤凰涅槃的无畏飞翔……

血脉

烽火罗氏

第三章

凤凰涅槃的飞翔

水 客

1943年的冬天，无疑是最为严酷和艰难的季节。

这天深夜，罗雨中从沙鱼涌返回港九大队途中，乘坐的港九大队交通船被日军巡逻艇发现。他们在日军上船前紧急处理了船上物品，日军虽然找不到任何与游击队相关的物品，还是把他们驱赶上日军舰艇。

紧急中，他们商量好对应的口供，罗雨中和徐福仅承认自己是水客（在游击区和香港来往走运私货的商贩），互不认识，同船同路而已。船由二人出钱雇用，船费700元，由沙鱼涌到红石门上岸；邹来和詹生则为船主船工，专门帮客商载货载人，凡是有人请就送。大家做好了准备，不管日军如何审讯，如何用酷刑，都坚持这样的口供，死也不暴露游击队员的身份。

从这一刻起，罗雨中做好了"死"的准备。

然而，日军的残暴恰恰在于不让被捕的中国人轻易"死"去。对抗日将士，对无辜百姓，为了让中国人"归顺"，为了震慑中国人，种种严刑酷刑令人毛骨悚然，惨无人道的程度超出了人的忍耐极限。

据《对和平与人道的肆虐——1937年至1945年日军侵粤述略》书中记载，这些酷刑让人触目惊心"剥皮、绳绞、棒打、挖眼、斩手、斩脚、挖心、肢解、火葬、水葬、土埋、活埋、滚水烫、冷水灌、电摩、狗咬、放飞机、点天灯、裸晒太阳、钉四肢等20多种毒刑"。

在以上的酷刑中，罗雨中经历过棒打、冷水灌、吊飞机、电摩、十

罗雨中，出生于1919年5月7日。他是罗家长子，按照族名排序，取名观平。他从小就是个让父母放心的孩子，懂事，能为父母分担忧愁。

雨中是他自己取的名字，不过，他更喜欢用文气十足的“柳青”，抗战和香港沦陷令他成为港九大队的骨干，组建南涌常备队抢运武器粮食，后来又成为税站站长。如果没有这一切，他内心那种无法抑制的文学渴求，会有什么样的结果？

历史就这样抛开了个人，决定了一切。

（罗氏家族资料）

沙鱼涌的海面平滑如镜，这一片港湾藏了暗礁和急流，更藏了许多古今中外的小故事。对于罗雨中而言，那一个游击队的税站，是他的秘密，是他的梦想，也浓缩了他五味俱全的抗战生涯。（张黎明 摄）

指钉竹签以及禁食禁水和假枪毙等肉体和精神折磨，这种肉体上求生不得求死不能的“死”感，战胜它比战胜死亡更难，这需要何等坚强的意志？

日军沙头角宪兵队的中岛伍长，慢慢走向罗雨中，他很得意，他手里有各种足以摧毁这个中国人的酷刑。

他怀疑罗雨中是游击队的人，这位在沙头角颇有名的乡绅“罗观平”，这个曾经是粉岭粮食配给处的监管员，有情报说他的两个弟弟曾经加入游击队，其中一个弟弟还当过日军粉岭宪查队队长。

在这一带海上船来船往的人，基本上只有两种人，少数游击队员，大部分水客。

如果说他们是游击队的人，但船上为什么没有任何可疑物品？中岛命令马上开船，并非返航，而是打开舰艇上的探射灯，刺眼的光束一下子把大海照得如同白昼，日军拿着高倍数的望远镜，鹰犬一样搜索着海面。

日军舰艇围绕着坪洲岛，沿着海岸，从南澳、下沙到迭福，来回搜索，搜索了一个多小时。果然，一个不大的藤箱在迭福附近的海岸边时沉时浮，这个藤箱正是先前罗雨中他们紧急中丢到大海的。

日军用铁钩把藤箱吊了上来，一打开就看到捆得严严密密的东纵《前进报》等宣传品。

中岛伍长非常满意自己的判断，他的眼睛好比两把带钩的刀子，一下子钩在罗雨中他们身上：这些东西是你们丢下海的！

罗雨中他们摇头，几乎齐声回答：不，我们做水客，哪来这些东西？

伍长气汹汹一口咬定是他们丢的，不承认就杀他们的头。

罗雨中他们反复说，这大海茫茫，船只来来往往，怎么偏偏说是他们的？没有证据。

伍长用枪指着罗雨中，说他骗人，做生意为什么会来这里？只有游

日军从香港沦陷开始就封锁了香港沿海的海上运输线，断绝海上交通就等于断绝了游击队的生命线。可奇怪的是，游击队没有因为日军的海上巡逻和海上搜索而消亡，他们像“麻雀”一样无处不在，让日军倍感头痛……

（深圳史志办资料）

坪洲岛就在香港大屿山的东南面，外形像一个“凹”字，陷下去的地方是东湾。南、北面分别称为南湾和北湾，日军巡逻艇常常熄灭船灯隐蔽在海湾的岩石角落，等待着“猎物”的出现……（张黎明 摄）

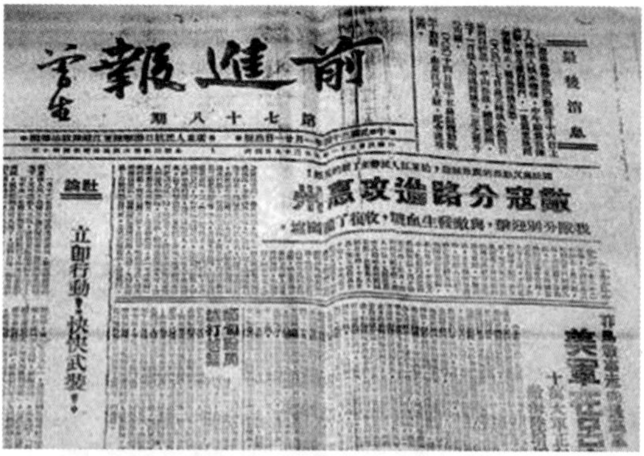
前進報
第七十八期
社論
立即行動！快快武裝！
敵寇分路進攻惠州

1942 年初，东江游击队扩编为广东人民抗日游击总队。3月，《东江民报》更名为《前进报》。1943年12月东江纵队成立，《前进报》成立东江纵队的机关报。

这像今天《人民日报》一样的大报是如何印制的？当年的“风筝”牌蜡纸很小，就用香火把一张一张的蜡纸熔接起来；用铁笔，三角尺，刻成仿宋字；用木板钉上胶皮，蘸上油墨，一张一张地扫。每张蜡纸平均印四五千张，最高纪录曾达七千张。（深圳史志办资料）

击队才会到这里。

罗雨中早就想好了，不慌不忙说自己做生意，生意难做，只有在家乡开店还兼做运输生意，才能维持生活。

日军的审讯就在巡逻艇上开始，中岛看准了，从徐福打开缺口，也是杀鸡儆猴，让罗雨中知道日本刑罚的厉害。

几个日军宪查拥上来乱打乱踢不承认的徐福。还把徐福手脚捆住抛到海里，绳的一端绑在舰艇栏杆上。

徐福沉没在海水中，咕噜咕噜喝了一阵水，日军把他的脑袋拉出水面，大声喝问：你承认是游击队，如果认了就把你拉上来。

徐福起先还可以叫唤自己不是游击队，是做水客的，等等。

可是反复多次，折磨了半个多小时，徐福就不动了。

中岛日军宪查把徐福吊上甲板，连呼吸也看不出来了。用皮靴踢，用烟火烧耳朵、鼻子、嘴巴，一桶一桶的水不停地往头脸泼去，徐福还是一点反应都没有，如同死人。

中岛停下来慢悠悠地沏茶倒茶喝茶，眼睛不时扫过罗雨中他们，茶喝罢了，罗雨中被拉到已经毫无知觉的徐福身边。

一场意志和精神的较量就这样开始了。

罗雨中压下了翻江倒海的愤怒，低头看了看徐福，那是什么都没有的神情。

中岛不喜欢这种没有任何意味的表情，这种中国式的沉默令他很不舒服，中岛突然想大骂。不过他只是指着一动不动的徐福：想不想学他那样？如果供出来，就放你回家。

在中国这些年，他知道如何利诱中国人。

罗雨中说：我只是为了多赚些钱，所以才偷偷做水客生意，其他我什么都不知道。

中岛走到罗雨中的面前，这样可以眼睛直逼着眼睛说话： 你不是好久没去沙头角墟吗？你去了游击队那里吧？

罗雨中把一切都想好了，他说得十分仔细，一点点算，一点点说，自己离家最多不超过 20 天，一般一个月两次水货，连在港九买货及运货到惠州卖完货为止，算算就知道多少时间。是好久没去沙头角墟，整天忙这些生意，哪里有时间去沙头角墟，不说上墟，自己连在家也只有住两三天，艰难啊！

中岛再次指着徐福，不说老实话，这就是下场。

罗雨中还是不紧不慢，请伍长先生去查明，自己的确是实实在在的生意人。全沙头角及全村的人都认识，除了做点水客生意要离开家外，什么地方也没去。藤箱里的东西根本不是他们的，这大海茫茫到处有船有人来往，而且那些东西是在海湾边拾到的，硬说是他们的，实在太冤枉，怎么能承认呢？

中岛突然撒出了撒手锏：你撒谎！你两个弟弟在游击队大大的，你去沙鱼涌和游击队联络，绑起来吊下海去！

这一刻，中岛停住了，他想看到罗雨中害怕和慌乱，想看到他跪下来求自己。

这一幕并没有发生，杀鸡儆猴无效？

罗雨中无言，眼光与大海溶在一起，似看非看着那片没有边际的灰蒙蒙。对于生死，似乎早已置之度外，只等候中岛命令士兵们捆绑自己，就像对待徐福那样。

中岛咆哮：哼，你还不怕死？

罗雨中：我不是不怕死，家里还有妻子和儿女，等着我回去，她们没想到我做这点水客生意就送了条命。就是杀了我的头，我也不知道什么，我能说什么？

中岛再次大声吆喝：吊下去。

这位日军伍长亲自动手和几个宪查把罗雨中推拉到舰艇栏杆：讲不讲？不讲就抛下去，你真的不怕死？

罗雨中还是那句话：我有什么办法？死，也是不明不白的死。

想不到，中岛听完这句话，想了想，没把罗雨中抛下海，而且停止审讯。那个姓徐的，生死不明，这个活口不能死。

天大亮，日军巡逻艇驶回沙头角码头，后面拖着 6 条帆船，艇上还有几十个水客。

停泊码头后，几个宪查抬走被装进麻袋的徐福。罗雨中则被几个宪查反捆双手，大麻袋从他的头上往下套，把整个人套起来，两个宪兵夹着他上岸。

他被押进到宪兵部的单人牢房,两个船员及徐福分别囚禁在不同地方。

转 机

在这个狭小的牢房，罗雨中可以做什么？

越狱？牢房24小时有宪查看守，牢房狭小，仅有一个小窗，屋里除了一个装满屎尿拱动着无数蛆虫的木桶外，什么都没有。地面不但潮湿而且全是水，坐也没个地方，晚上就睡在地板上。四面墙壁，隔壁也是牢房。他没有任何掘墙的工具，任何微小的动作，都会引起看守的注意。

一连几天，牢房的值班看守是一位印度宪查。

中岛用刑了，第一天无水无饭。第二天仍然如此。

禁水禁食，从人的求生本能切入，让你的身体发出饥饿的信号，让你罗雨中眼睁睁看着送饭送水的从牢房门前经过，让你的身体和你的意志成为敌人。

他躺着，饥肠辘辘和口干舌燥，他请求身体的原谅。

傍晚的时候，下了一场大雨。他高举双手伸出窗外，一捧一捧的屋檐滴水，一生中最深刻和甘甜的解渴。

这一点点水点燃了他的求生意志，这样下去，饿也饿死。要活下去，想办法搞点吃和喝的。找谁呢？

他的眼光落在值晚班的印度宪查身上，30多岁，头发红黄，肤色不像典型的印度人，面容清秀文静，有点像白种人，正在看一份英文《南华早报》。

罗雨中心生一计，试着从新闻入手，用英文问：先生，今天有什么好新闻吗?

宪查把报纸移开，也许听到这个中国人说英文，所以静静地看着罗雨中，但什么话也没说又低头看报。

要得到水和食物就得打动这印度宪查。

罗雨中相信人的良知，他开始喃喃自语，诉说自己一个正当生意人，竟遭到这样的不幸！这样两天两夜不给水喝，不给饭吃……

宪查没有答话，眼中毫无恶意。

罗雨中还是继续喃喃自语，说的是能让宪查听懂的英文：一个曾经的太子爷，现在的阶下囚，多少人做生意就为了赚点钱，竟然被关押在监狱，家里人都不知道自己的情况，惨！

印度宪查放下报纸，走近了，开始问罗雨中，真的是做生意的?

罗雨中说起父亲和家庭，父亲曾经是天祥洋行的股东，自己也曾经在洋行做事，后来皇军来了，才逼得无奈要做这些冒险又辛苦的生意。先生，做做好事救救我，给点水喝，给点吃的吧……

印度宪查不说话，但把手放在颈上表示要被杀头的样子，还摇头、叹气表示同情。

这天夜里八九点钟，罗雨中无法入睡，正在想日后的对策。

窗口轻轻传来两声“嘘、嘘”的口哨声，接着露出一瓶水和一大包手帕包的米饭。罗雨中在心里欢呼，我得救了，啊！谢谢，天老爷，谢谢印度朋友。世界有多少的苦难人和正直人同情你啊！坚强点！我不会渴死，不会饿死。

罗雨中两天没有吃喝的“刑罚”就此告终，更高兴的是印度宪查的态度，他想到了更多的下一步。

酷　刑

第二天深夜11时左右，罗雨中突然被拖进一间布满刑具的房子：吊飞机的架子，打人的大木棍，灌水的水龙头、胶管，火烧的铁架等刑具，这一切，罗雨中过去只是听说，今天亲眼所见。

日本翻译站在一旁。

日军的严刑逼供开始了。

“跪下！”中岛伍长咆哮。

看到了吗？中岛一手指着灌水、吊飞机的刑具：只要老实供认你知道的事情，就可以马上出狱回家，和妻子儿女团聚，做生意。说吧，你属于哪个游击队？有多少游击队人员？有什么武器？驻地在什么地方？你任什么职务？

罗雨中用在心里背诵了无数遍的回答：我做水客，经过沙鱼涌。只认识一个沙鱼涌税站的游击队刘站长，还有一个写税票姓李的游击队员。我做水客运货要经沙鱼涌打税，然后才运到惠州去卖，其他我不认识，我没有参加游击队，游击队的情况除向税站纳税外，什么都不知道。

中岛一句“伯加奴”，接着就是打！打！打！几个日本宪查的大木棍一阵劈头盖脸而下，罗雨中根本无法抵挡这些飞舞的大棒。

每一轮棒打后就是“快讲，快讲！”

几轮棒打后的歇息，罗雨中都是“我不知道，叫我讲什么？”

棒打失效。

香港沦陷后，日军封锁了海陆交通线，断绝商贾往来，东江游击队建立了交通线抢救文化人，后来就成了火柴、煤油、药品等日用品从香港进入内地的路线。沿线通道，也许半山也许路口，设立了游击队的武装税“站”，这个“站”其实什么都没有，除了收税的人。站在坳上有几个拿枪的，负责武装保护税收人员。沙鱼涌税站为其中之一。（张黎明 摄）

接着是“吊飞机”。

中岛一声“吊”，罗雨中就被押到吊刑架前的木箱子上，两个印度宪查反捆他的双手绑在架上，拿走木箱，整个人就吊在刑具上了。渐渐地，两手关节“格、格”作响，一种断裂的剧痛令他的身体不属于自己，爆炸性喊叫撕开他的嘴巴狂奔而出，疼痛，疼痛，不断在关节部位爆炸。身体的生存指令也在对抗残暴，黄豆大的汗珠冲出身体的每一处出口，他的脸他的头发全都湿透了。

中岛还是那一句：讲不讲？不讲就吊断你的手脚，吊死你。

罗雨中痛得只能摇头，勉强从牙缝里说出“我什么也不知道”。

“吊飞机”也失效了。

中岛仍然很有信心，他相信刑罚的力量能够摧毁人的意志，包括一切。

“灌水！”每处的日军宪兵队似乎都有自己的小发明。最常使用的是箱刑法，人固定在床上，脑袋套入并固定在木箱里，水慢慢加满木箱，人不得不慢慢吸入水……

中岛根本不用那种循序渐进的方法，他要让受刑者更直接更暴烈更痛苦。

两个印度宪查把罗雨中拖到水龙头边，日军翻译深知此刑的痛苦，让罗雨中招供，招供了就不用受这个罪。

罗雨中只有那一句，我是当地人，我什么也不知道。

灌！

罗雨中被紧紧固定在木梯子上，那根胶管一头插进口中，一头套上水龙头。

水龙头开了，捆绑的身体动也不能动，罗雨中本能地挣扎和蠕动。呛，他扭动自己的头自己的脸，躲，躲开，躲不开啊！胶管的水疯狂地泻入五官，不断灌入罗雨中的肚子。

这种不断冲击的绝望遍布他的每根神经，肚子鼓起，身体绝望了，瘫软了，即将进入死亡通道时，胶管拔出了。

“认不认，说不说？”

罗雨中的身体似乎走出很远很远，远至无法归来，然而思维却渐渐回来了，他的意志如此艰难地把身体也拉回来，让嘴巴颤动着：我，不知道……

于是，水管又插入他无法抵挡的口中，水叽里咕噜很顺畅地灌入肚子里，难受！难受，罗雨中已经没有挣扎的力气了，意志没有倒下，他始终没有招供。可是身体投降了，昏迷了，身体远离而去，不属于这个世界了。

水管再次拔出，他像死了一样躺着。

后来的情况是在场人告诉他及他看到别人受刑才知道的。两个共400多斤的印度宪查踏上他的肚子，用力踩踏，水从口、鼻、眼、耳、头部的毛孔喷射而出。

不知道多长时间，也不知道发生了什么事情，醒来时已经躺在牢房的湿地上。他试图坐起，不但全身剧痛，且软软的，连坐起来的力气也没有，意志始终不能让身体挺起……此时此刻，他闭上了眼睛，听凭身体的流放。

坚　持

一天又一天，偷偷送饭的印度宪查每天都轮值，他一边看报一边和雨中闲聊。

他们说了许多，说做生意的人都是为了钱。如果日本人不来香港，谁会做这些辛苦奔波又十分危险的水客生意？

印度宪查也叹气，他告诉罗雨中自己的情况。他原是个无线电员，名字叫 SIN，日本人毫无人道，乱捉人、杀人，有什么办法？他愤恨可没有办法，欲走却无路，只好忍气吞声当了宪查，也是为了生活。

SIN 同情理解罗雨中：水和食物，我会偷偷拿来，放在窗口。不用怕，日本人只是怀疑，如果承认就杀。

罗雨中更确定他们准备的口供是最恰当的，一定要坚持！坚持是唯一的活路。

他请求宪查再帮他一个忙，自己有病，又被打成重伤，请带个信到新楼街治安堂药店交给自己戴眼镜的弟弟，买点药带过来。

宪查毫不犹豫就说好，并把纸笔递给罗雨中。

罗雨中早已想好了，要让港九大队知道自己的情况。

他给堂弟罗东生（香港地下党员）写了以下的几行字：

我做水客在海上不幸被皇军抓了，我有病并受伤，希买二个跌打丸、二支保济丸交来人带返。告诉大哥，我是正当生意人，做生意的，相信

这位仪表堂堂的年轻人，罗雨中的堂弟罗东生，正是他把罗雨中从狱中捎出来的小纸条送到了港九大队领导手中，筹划了一系列营救罗雨中的行动。（罗氏家族资料）

皇军会查明，望一切放心。

这几个字的作用很大。一是与堂弟取得联系，及时转告大队长和政委（大哥是当时对蔡国梁大队长的尊称）他坚持说自己是商人，不会暴露任何秘密给日军；二是通过这一做法，试探那个 SIN 是否可靠。

SIN 接过纸条，小心装进硬边帽内。

深夜，SIN 又值班了，带来了跌打丸、保济丸，还有一瓶乌豆糖水，

沙鱼涌圩镇，这个离土洋东纵司令部很近的小圩镇，从这里出海的一条山溪实在太小，连接海的口子就在圩镇边上，背山面海，不知道这小溪从哪里奔出来不留神就偷偷出了海。村子小且静，几分钟就走完了，也没有碰到一个人。难以想象明朝年间兴起的沙鱼涌口岸，曾经是惠州、东莞、宝安三地最大最旺的港口；更不曾想到沙鱼涌的东纵税站远近闻名，来往商贾络绎不绝……（张黎明 摄）

约三钱高丽参。SIN从帽里取出小纸条给罗雨中。

纸条写着：

哥哥，我和大哥等家里人已知你做水客生意不幸给皇军抓去了，药托来人送去，他很好。我们正设法营救，你是生意人，又无犯法，希放心。

罗雨中心里一阵快慰，孤独是狱中最难熬的，如今和组织联系上了，他心里涌起了一片涟漪，那样温软和饱和，他闭上眼睛，睡了，这是入狱以来最美的一觉。

又一个深夜，离上次刑罚没几天，伤势还没好，身体仍然很虚弱，审讯和酷刑又来了。

这回中岛问的是南涌、鹿颈驻有多少游击队？队长叫什么名？共有多少人？多少枪？

罗雨中当然知道，这都是汝澄和自己组织起来的队伍。

罗雨中说，游击队到这些村都是深夜，大家都关上门睡了，游击队不敢进村进民房，天未亮又走了。村民没人敢接近游击队，皇军上两次天未亮就包围村子，你们不是在无人住的烂粪寮捡到子弹、报纸，也没有抓到游击队？

罗雨中说的绝对是实话，中岛知道。

中岛信誓旦旦，说知道哪些就讲哪些，讲了保证不杀，放你回家。

罗雨中不傻，坚持过去说过的，只知道在沙鱼涌打税时有个姓刘的刘站长，其他情况不知道。

中岛问那个藤箱，你没丢，是同船的那个游击队丢的？

罗雨中一眼就看清这种各个击破的伎俩：我们一起雇船和上船，他根本没这些东西，他也是个生意人，同船四个人，两个是船工，大家都没有这些东西。

中岛于是左一个耳光，右一个耳光，连打了十几下。

“吊起来！”所有的刑罚又开始重复，吊起的手真像要断了，全身关节都在响，中岛还抽出皮鞭，往头部、身上乱抽。雨中痛得浑身冒汗，身体用自己的形式执行意志的命令。

难受！这时身体的本能，一次又一次向意志求援。

第二次用刑的罗雨中，已经和港九大队联系上了，“最多也就是死，为抗日而死，值得”。意志这样安慰身体，他身体里的“港九大队”也在支撑着，刑罚也威胁不了他。

日军看“吊飞机”没有效果，又开始灌水，被绑在木梯上，水龙头开了，拼命挣扎，水猛往肚子里涌，渐渐昏迷。

这让中岛迷惑不解。

中岛相信没人可以抵挡这种超越极限的刑罚。是的，这人的身体垮了，可他坚持说什么也不知道。

中岛当然不会明白罗雨中，不会知道有这样的不屈不挠：身体背叛了意志，意志仍然孤傲独行。

罗雨中被拖回牢房，仅知道醒来时，天已大亮。

他睁开眼睛，知道伤势更严重了。经验告诉自己无须费力气挪动身体，就那样让身体微弱地喘息，让疼痛慢慢消沉……

第六天了，仍然没有给水给饭。

中午，SIN 值班了。他一看就知道罗雨中受了很重的刑罚。他关切地偷偷问，能起来吗？太无人道了，这样折磨人。简直禽兽不如！吃点跌打药，希望能熬过去。

罗雨中看着眼前的印度宪查，很感激这个同情自己的印度人，但他也是一个需要温饱的普通人。他为日本人当宪查就是证明，难道有更好的选择？

罗雨中有了一个逃狱计划。

他对 SIN 表明，如果有将来，一定要报答他的帮助！皇军这样折磨自己，会给弄死的。

“你要什么？我会尽力帮忙的。”

“先生，你看我还有出狱的希望吗？如果有人能够把我营救出去，我父亲是会出巨款报答的。这不过是我的幻想罢了。请你再带信息给药店的堂弟四眼仔，要点药来。”

SIN 点了点头。深夜两点多，他又来值班了。带来了乌豆糖水、几个跌打丸，还有一纸条。“哥哥，我们已听到你受审几次，受伤很重，大哥要你坚持下去，你是做正当生意的人，我们正在多方面设法营救你，希放心。”

印度宪查小声说：“你爸爸真是天祥洋行的老板？救你出去，你爸爸能给我多少报酬？”

罗雨中没告诉他自己父亲已经去世，而以父亲的名义担保最少给 20 000 元港币报酬，还可以在父亲的洋行做工，不用愁失业。

他必须用自己的机智才能获得生存的机会。

这时候，可以解救罗雨中的“父亲”就是罗雨中自己，他说出的报酬相信能够令 SIN 动心，他也相信家里能够筹集这笔资金。

果然，SIN 连说几个“好，好！我设法救你出去”。

入狱第七天，早上九点，一个中国伙夫进来牢房大声叫喊“派饭”，还招呼罗雨中“你，快来拿饭，这个砵是你的，这是饭，这是水，快吃”。

罗雨中迟疑了一下，这是禁水禁食一周以来的第一次，他拿起盛饭的砵就感到那饭团比隔壁的犯人大很多，还有蛋和肉藏在里面。

他吃了进监狱以来的第一顿饱饭。

晚上五点左右，伙夫又来送饭，饭还是那么多，里面有蛋有肉，还有一瓶乌豆糖水。

罗雨中明白了，堂弟罗东生在外正想尽办法营救自己。这饭和肉，一定是组织通过各种关系，让内线给宪查送钱的结果，自己生存的机会更大了。

权　限

第九天深夜，第三次审讯开始。

中岛的问题一个接着一个：沙头角墟有多少游击队的人？宪查队？区役所？做生意，做工、当老师的哪一个是游击队的人？你的两个弟弟当游击队多久，在哪里？什么职务？你与他们怎么联络？

这些问题，罗雨中早已经准备好答案：沙头角墟的人我都认识，他们也认识我，大家都是同乡，宪查队、区役所，大家从来都认识，互相了解，哪里有游击队的人呢？我两个弟弟都是在皇军到香港前两年便偷偷离家去当游击队，事先也没告知我和家人。他们曾经寄过信回来，说他们为国为民参加游击队，不能帮助家庭经济，一切要哥哥在家负担家庭、照顾老人，希能原谅。在什么地方，我不知道，来信无地址。

中岛反问：你弟弟不是打进过我们宪兵部后来才逃走的吗？你不是曾在区役所任过职吗？你还不老实讲？

罗雨中：这些皇军先生早知道了，我弟弟当时去宪兵队完全是为了生活，他已从游击队不干回家近一年了，听说你们要抓他，才吓走的。我一贯做生意，一切为了钱，区役所任职希望有些地位，方便做生意，照顾不了生意我才辞职专心做生意了。这是实实在在的，皇军在沙头角详细调查便知道。

中岛不问了，任何问题都不会有自己需要的结果。这令他很生气，抡起巴掌就打，一连几个耳光。

罗雨中知道这是酷刑的前奏，刚刚进门就看到台上已放好一扎削得又尖又利的竹签，还有电刑工具。经过两次酷刑的他给自己提气，坚持，坚持，一定要坚持，坚持是自己生存的唯一机会。

“钉手指”十指连心谁都知道，而电击就好比千万根无形的大棒猛然击打身体，有多苦痛？钉竹签和电刑都是超越人极限的肉体折磨，正常人是无法忍受的。

中岛知道，他就是要挑战人的极限。

一根小刺都足以让人痛得冷汗直冒，更何况一根一根竹签硬生生打进指尖，难受啊！痛得整个人瘫软倒下，又被硬拉起来，头上冒出冷汗，脸色变黑变青，手指鲜血直流。

电刑,他的左右拇指被缠上电线,中岛重复着“不讲电死你！电死你！讲不讲？”

罗雨中的指尖已经鲜血淋淋，这电线一缠更疼得闭上了眼睛，不想回答什么，也早就回答过了。

罗雨中当然没有说出中岛想让他说的。

如何接上电源？罗雨中已经不看了，那股电流瞬间穿过，这把无形的利钻，不是一把，是千万把细小而螺旋式的钻头一齐钻进身体，半秒的时间螺旋着进入穿过，没有流血没有伤口，然而全身发冷麻木，颤抖颤抖，牙齿不停地上下抖，听不见了，半昏迷了，歇一歇，又重复，不知道按动了多少次电源开关……

这第三次酷刑，罗雨中并没有完全昏迷，清清楚楚看到身体的虚弱和迷失，他和身体争辩，告诉身体，供认绝对是自寻死路！身体终于和意志站在了统一战线，无论多少次按动电钮，罗雨中都没有承认。

自己参加部队后一直是以做生意为名，掩护自己，从无暴露过自己的身份，连家乡的人都不了解自己是游击队的人；而游击队和组织在外面设法营救，地方乡绅全都出面担保；再是中岛无任何证据，只是推测和怀疑。

罗雨中的意志又一次强迫肉体超越极限的痛！

罗雨中被拖回牢房，精疲力竭，触电后的身体不停发抖震颤。每一点轻微的动作，那鲜血淋淋的十指都连心地痛，眼泪是自己奔涌的，罗雨中也宽容了这些泪。

前两次在昏迷状态被拖回牢房的，这次很清醒，两个宪查拖行着软毛毯样的自己，一路拖行，一路磕磕碰碰，都不觉得疼痛。甚至他被用力扔下，脑袋碰在地板，也没有痛感，经过了刚才疼痛的极限，什么都变得无足轻重了……

他清醒地躺在地板上，看着小窗子外的天空和星星。冬夜是那么清晰、明亮，沉静的黑暗里孕育着黎明，他渴盼他坚信的黎明。

他静静地回想，10天来的3次审讯，饿、渴、吊、打、电、钉、灌水，酷刑用尽了，自己坚持下来了！

“杀头无所谓，只求万世传英名！”是的，就要一个宁死不屈的英名。这个寒凉的夜里，他给自己颁奖。

他不知道自己是否睡着了，迷迷糊糊但不是昏迷，早上八九点的时候，他听到隔壁牢门被打开了，看到宪兵押解着邹来和詹生出去。

战友们就囚在自己隔壁的牢房里。

一个多小时后，他们又被带回来。正好是那位印度宪查值班，罗雨中焦急地贴在墙角，边敲墙边叫：邹来，邹来，你走近来。

宪查没制止还走出门口把风。

邹来告诉罗雨中一个重要情况，在日军审讯中，邹来坚持说不认识罗雨中两人，没用刑，没逼他们承认是游击队。看样子相信他们是船家。

罗雨中再次确定原本设定的口供非常恰当，在与中岛的较量中，除了坚强的意志力，还必须有足够的智慧。

SIN 悄悄告知，日本人还只是怀疑，没断定他是游击队。他把自己的看法告诉罗雨中，那么白净斯文，那么好的英文，哪会是游击队？有机会一定救罗雨中，打开牢门一起逃走。他迟早都不为日本人当差，逃出去只要有点钱再找到份好工作，维持夫妻两人生活就可以了。

大约又过了半个月，SIN 告知邹来那两个船家已释放，船也给回他们了。

涅　槃

等待机会中又来了第四次审讯，先拉去毒打一顿，灌了一阵子水才开始审讯。

“已查到你是游击队！”

“我是当地人，老幼都认得我，如果真是游击队，不认也瞒不过。”

拳头、飞脚、棍子横飞，遍体鳞伤，鲜血直流，被拖回牢房。

没两天，第五、六次一连两晚审讯，还是落刑、灌水，得到的还是零。

20多天过去了。

这天早上，SIN小声告诉罗雨中，后天半夜12点值班，一起离开牢房。

“OK，我等你好消息。预祝成功！”

此时，罗雨中心潮澎湃，兴奋极了，期待光明的到来！为了能走得快，啃了人参片，磨了个跌打丸涂抹伤口，尽量使伤势恢复得更快。

一整天过去了，却不见SIN来值班，晚上仍不见踪影，一定出事了！第二天傍晚约6时，远远看见SIN被另一个宪查押着走过。

9点多，一个年纪大的印度宪查来换班，他会说流利的白话。

他主动问罗雨中：“你想什么？还不睡？”

“我很痛，睡不着。”

“你是南涌人？我以前就在石涌坳当差。”

罗雨中父亲从巴拿马回国后，就在石涌坳差馆旁边建了几间屋，并从南涌搬到那里住。

宪查听罢罗雨中说自己的父亲和大屋，显得有点兴奋：啊，你是太子爷，你爸爸我知道，他是有钱的金山客。

就这样闲聊，他问起SIN为什么不来值班？

原来SIN昨天喝醉酒，在家大骂日本人，说不愿当差。另一个宪查告知了中岛伍长，结果被抓起来打了一顿，还要做苦工以示警告。

几天后被罚做苦工的SIN已无人监管。只是已不受信任，不能掌握牢房锁匙。

罗雨中逃出监狱的计划就这样成了过去。

罗雨中一个多月完全没洗脸、洗澡，也从来不放风，长了一身虱子，成了野人。

只有两个字：坚持，只有坚持才能获得生存。

这天，中国籍的宪查队长小袁（香港沦陷不久派入宪查队潜伏的游击队员）借故到牢房查看，乘无人之机悄悄告诉罗雨中，日军找不到任何证据，沙头角的乡绅们都来担保他。

SIN也告诉他，沙头角伪区长带了二三十个村长担保，中岛伍长还恐吓他们，这个人是游击队的，还敢担保他？不怕杀头？

这些村长齐声回答：不会，我们都清楚，敢保他。

中岛不能不顾及这一群区长、村长，审讯停了一段时间。

这天傍晚，罗雨中被带到宪兵队接待室，点心、水果、茶、烟一应俱全摆在罗雨中的面前。

伍长笑脸相迎，软硬兼施、花言巧语、百般逢迎，还是得不到想要的东西。

中午，SIN值班，带来纸条和人参片。

纸条写着：

哥哥，情况好转，你做生意会得到证明。很多人出面担保你，有地位的人也出面。希放开心，大哥祝你好。

后来，罗雨中才知道，连中岛的姘妇也被动员作保。

此后的再次提审，他还是那句话：希望皇军派人去南涌、鹿颈十多个村及沙头角墟进行详细调查，就会知道我确是个生意人。

这晚深夜，梦中的他被叫醒，带到办公室。

罗雨中进门一看，妻子背着孩子十分恐慌地哭泣。

中岛竟然以无辜的妇孺胁迫威逼自己，凶残、歹毒！他心里充满了恨。

中岛故意当着罗雨中妻儿的面，逼他跪在地上。

妻子缩在屋角边哭边向中岛苦苦求情：先生，放我丈夫回家吧。

伍长站起来拍桌子骂罗雨中：明天就杀头了，你好好看看你老婆孩子，我们皇军讲道义，给你最后一次见面，有什么话，你们尽管说。

他一句话也不说。

皮鞋、皮靴、大棍子、钢鞭齐下，冲着罗雨中，不仅仅是他，也冲着他的妻子和两岁的孩子。他心如刀割，眼睁睁看着妻子的苦求，看着孩子被吓得哇哇大哭，看着棍鞭乱舞，看着妻儿抱在一起。

伍长大声喝道：最后也不和你妻子说句话？

罗雨中入狱以来第一次愤怒地吼：要杀就杀，为什么还要折磨我妻儿？

也许真的要枪毙自己！他都有很多话想和妻子说。

罗雨中的妻子黄财娇，勤劳俭朴，主持家务，多少年不但默默支持罗雨中，她同样在1942年加入港九大队，负者组织妇女会和军需物资等工作。不论在抢运还是村里的妇女会，都勇于担当。

他很想把妻子拥入怀中，说些暖心的话，可面对中岛，面对死亡，该说什么？他只能这样说，说给中岛听：第一，要告诉孩子们，我是被冤枉死的；第二，要带大儿女；第三，告诉孩子们，爸爸是被日本人害死的。

这最后一句令中岛震怒：伯加奴，你死到临头，还嘴硬？

话音没落“嗖”的一声，一把短刀飞向罗雨中。

儿子和妻子惊恐地大叫！是中岛眼界不准，还是故意吓唬罗雨中？那把短刀从离罗雨中脑袋不到几厘米之处飞过，直插入后面的门板。

视死如归，他不慌。

后来才知道，暴打和惊吓后，妻子生怕儿子有闪失，天天夜晚都紧拥儿子入睡。万万没想到，年仅两岁的儿子最后还是猝然身亡。

他又被带回牢房。

天亮了，两个印度宪查押着罗雨中向新马路元墩山方向走去。到了小山脚，把香点着，茶饭摆好了，这是每个囚犯行刑之前的形式。

伍长说：最后给你5分钟考虑，你这条命就在这5分钟了。

4、5、6、7……10分钟过去了，伍长的军刀还未举起来。

“再给你5分钟！”军刀拔出来了，举起来，又重复那些可怕的倒数，时间过去了。

伍长把军刀收起。

“你真不是游击队？好，回去！”

假枪毙这招就这样完结了。

罗雨中并没有被押回牢房，而是被关在宪查队大门值班房的拘留处，房里有根大杉木，连着锁链，这根锁链就像拴狗一样锁在罗雨中的脚上。

所有宪查都能看到他，值班厌烦了的宪查任意和他说话。打入日本宪查队的小袁也借家人送食物来的机会，偷偷告诉他，已动用各种力量，多方面担保，不用几天就可以释放了。

罗雨中按捺着激动，掩饰着孱弱躯体之下的强大灵魂，这是冲出地狱的最后时刻，不能松懈。他隐藏着深仇大恨，却让自己表现出什么都无所谓的麻木神情，继续扮演一个已经被酷刑消磨成没有生活乐趣、心灰意冷的水客。

中岛就住在这个值班室的楼上。

每天，中岛上下楼都会看到被拴的罗雨中，看到受尽折磨满身旧伤新疤，虱子臭虫，人不像人鬼不像鬼的囚犯。中岛明显膨胀起一种自豪，把一个中国人踩在脚下任由虐待的满足，他不时打量不时嘲弄不时侮辱几句：你好靓仔，想我放你回家吗？这里舒服多了，可以叫家里人送吃的给你。

罗雨中脸面呆滞，一个没有任何斗志的水客。

几天后，这位罗家的长子，活着走出了宪兵队。意志和智慧令他走出死亡，更准确地说是死而后生，是凤凰涅槃的无畏飞翔……

交通，令盟军疑惑且叹服此等**严密和效率**，这血肉之躯铸成的**神奇“动脉”**，悄悄流动着**同仇敌忾的抗战精神**，在流动之处，在这片中国人**经受耻辱的土地上**，收归**民族的希望和尊严**。

第四章

血肉之躯铸成的“动脉”

磨 难

1944 年 6 月至 1945 年底，“月姐”——罗家的姐姐担任港九大队交通总站站长。

1942 年初参队的罗乙昭（罗许月），罗雨中、罗汝澄、罗欧锋的姐姐，二十六七岁的她依理成了大家的姐姐。“月姐”就这样喊开了，大大小小，不仅弟弟们，几乎认识的人，交通站的小交通员们，驻地的街坊百姓，来往的港九大队战士，以及后来东纵老战友，深圳的老居民，男女老少。直至她 95 岁去世前，她的家还是“交通站”，来往了一群喊“月姐”的人……

月姐，这位港九大队交通总站站长为何有如此魅力？

就从交通员说起。

“文化大革命”她受到冲击；而她的丈夫黄翔，抗战时期的港九大队交通员，经受了更严酷的审查。

1967 年，造反派批斗黄翔，闹闹哄哄，还故意押着黄翔去搜查他们的家。大街上滚动着“打倒黄翔”的口号巨浪！这炸响声惊动了孩子们，他们慌慌地向着母亲奔去，是爸爸！

月姐的心一沉，这一沉也许只有半秒，她径直走上自家天台，站在最高处，站在一眼能看到大街，能清清楚楚看到批斗队伍的边上。6 个孩子跟着母亲……

看清楚了，黄翔带着 1 米高的纸帽。

五花大绑的父亲！孩子们惊恐地紧紧贴着母亲。这些日子，母亲反

黄翔、月姐夫妻和6个孩子。这是20世纪50年代在照相馆拍摄的普通照片，当年每个中国家庭几乎都拍过这样的照片。在某个时刻穿戴得整整齐齐，一切按照照相馆的拍摄模式，微微一笑，因为等待着按快门的那一声，笑得有点僵，轻松时代拍不出这等庄严的全家福。（黄小平 供图）

反复复说过“你们的爸爸是清白的”，此时此刻，她再说一遍！

年仅 15 岁的长子小抗反应最快：不怕他们！

母亲点头：对，不怕！相信群众，相信党。

黄翔知道自己的家，他不愿意月姐和孩子看到自己受苦，不顾在脑壳四周乱晃的拳头，艰难地挺身抬眼。

小抗和大女儿小平几乎同时冲口而出：爸爸！不要怕他们！

突然，几个娇嫩的弟妹争先恐后叫：爸爸，爸爸，不怕，不怕他们！

2006年笔者采访月姐和黄翔。黄翔说起东纵的那些故事，说起自己扮演过“陈诚”，然后和月姐一起轻哼着当年的歌：星光映着汾河湾，月色迷着吕梁山……

（廖国栋 摄）

这瞬间，他看到孩子们身后的月姐，眼光，熟悉的温和眼光，一如既往，比钢铁还坚实沉稳。只有千万分之一秒，足了，足够撑起黄翔的脊梁……

的确，无休止的游街、批斗。黄翔痛不欲生，血性汉子真想一了百了。

月姐了解黄翔，同样经历过香港沦陷，经历过3年零8个月，这了解比一般夫妻更多了个层次。

这天，当时负责看管走资派的东纵老战友钟清，悄悄递给黄翔一小张月姐折叠成情报那样的小纸条：不要怕，问题会解决的。

这天，劳动完的黄翔拿起自己的草帽，发现钟清压在下面的小包冰糖，月姐托带的。

这天，黄翔牙痛获批准到深圳解放路的牙科诊所（这是月姐当镇委领导时主持开办的牙科诊所，医生特意安排的秘密相见）看牙，看守的人在外面。刘医生让他进里屋检查，一进门就看到月姐，百感交集四目相对的几分钟，月姐悄声一句“不怕”，再无声无言的紧紧握手，这都是黄翔的强力支撑，是他生存和抗争的动力。

月姐清楚黄翔需要什么。的确，黄翔没这样的支撑和后盾，没可能躲过“文革”一劫。

他深爱月姐的“不怕”，喜欢她身上的什么？豁达和坚韧，而这些豁达和坚韧都很具体，渗在许多微小的细节中，这就是月姐的风格。

他熟悉，这也是交通站站长罗许月的一贯风格。

不怕，天掉下来当棉被盖。抗战时期，交通员们说得最多的一句话，省略下来就是“不怕！”

月姐凭什么不怕？

经历过战争的生死搏斗，已经没有什么可怕。

这不怕更是底气，她站在高高的天台，是等待，是信任，是希望，是无畏和坚强。

这也是当年交通站的回放，那抗战年月，她多少回这样站在高处，默默等待迟归的交通员。

选　择

黄翔经历过这样的等待。

月姐信黄翔，她了解交通站，经过战争磨难的交通员都是些什么样的人？几乎天天穿过日军封锁线，没有荣华富贵升官发财的念想，唯一的财富就是自己肩膀上的脑袋。

抗日，是要搭上自己的命。不怕，就是天天上路都提着脑袋随时准备牺牲。这就是交通员的无畏，她信！她和黄翔从相闻相识相知到结婚，存储了多少这样生死置之度外的天天。

月姐了解黄翔的历史。

香港沦陷，黄翔看到和平转眼一片黑暗，港人有工不能做，有地不能耕。经过日军岗哨，他忍，点头弓腰，只要低头鞠躬稍微慢了点，或头低得不够低，一个耳光劈头盖脸打来，心憋成了炸药桶，忍无可忍，能干什么？

黄翔四处找工，去了深圳去了九龙。

在深圳墟、南头城、九龙等墟集城门，常常高悬着一些被日军砍去的头颅，或眼睛被抠，或鼻子陷塌，或舌头被割。

黄翔看了。

说这就是游击队的人，说这是反抗日本皇军的人，不当顺民的中国人。

日军挑选人来人往的圩日斩头，看的人越多越好，黄翔曾经被赶到这样的墟日。

黄翔，图为1949年他担任中国人民解放军粤赣湘边纵队东一支军需科副官时拍摄的照片。拍照时是他和月姐的第一个孩子黄小平出生的第二年，笑得如此含蓄？许是因为成了父亲吧！（黄翔 供图）

这些被捆绑的人脑袋低垂，向坑而跪。日军在后头举起刀，对准脖子一劈，脑袋落在坑里，鲜血笔直喷射，射出的血“弹片”落在四处。日军哈哈大笑，好像喷出的是美丽的烟花。

血溅落在被强迫排在一边的陪斩人身上，杀人者的刀也糊满鲜血。日军转过身，将刀子在陪斩者的胸前上下一刮。刀子干净了，又进行下一个……

日军是要用这些血淋淋告诉老百姓，谁反抗，这就是下场。

他们要用这些惊心的头颅震慑老百姓。

黄翔被震慑了！怕死，谁不怕死？这是生存的本能。

那些被杀的游击队头颅在说：我不怕死！

这一种渴望生存的表现方式，比什么都强烈和震颤。

黄翔不再找工了，他要找游击队，开始四处寻找抗日队伍，要上前线打日军。

1943年春，终于找到了，黄翔由陈红介绍加入港九大队。香港当地人，当过3年的车行修理学徒，开汽车修汽车是他的专行，领导认为最适合担任交通站工作。

交通员？整天在后方跑来跑去的交通员！血气方刚的黄翔不干！他一心想拿枪去前线，去杀无恶不作的日本仔。领导说，打日本仔好！没有情报，等于没有眼睛耳朵，没有耳目怎么打日本仔？当交通送情报，要胆大心细，交通员个个都是“铁脚，夜眼，神仙肚”，不是你想干就能干好，还要试试。这不是后方，是更危险的前线，随时都有牺牲的可能，你怕吗？

不怕！黄翔决定试试。

游击队的情报来源，有派出特别人员进行实地侦查搜集情报；有以各种职业作为掩护或利用各种关系打进日伪机关任职；有通过民运队员组织群众利用赶集以及来往客商搜集情报。

早期，港九大队的交通和情报工作没分开，不少交通员还担负收集情报的工作。刚参加游击队的黄翔，接到特别任务。

1943年春，日军在沙头角红花岭一带修筑战略工事，这是什么工事？作用是什么？黄翔奉命实地探查。

他成为修筑工事的苦工，本来就干过3年车行学徒工，香港沦陷，车行倒闭，他被逼干过无数粗活，连最苦的挑夫都干过，修工事不算什么。

每天在荷枪实弹的日本卫兵监视下挖壕修路，稍稍怠慢，日兵的皮靴枪托就横扫而来，身负重任的他，不一样了，一锄一铲，很卖力，给日军掘坟！干劲十足。

这些壕沟绵延至山头密林，每个山头，每片密林，每一段每一点，日军工事的路线位置，以及暗堡分布、数量和特点。黄翔都默记在心，并汇总记录送出情报，干了整整2个月，日军工事修筑完毕，东江游击队也得到了准确的情报。

日军1943年春修筑的工事，与日军的防御战略相关。

1942年冬天，国民党政府军曾经计划反攻广州、香港、深圳。

1943年3月至9月，驻扎深圳的日军属香港防卫队独立步兵第69大队，香港炮兵队的部分（驻扎香港粉岭），兵力明显不足，全力扶持伪政权和组织训练伪军，深圳区域设立两个伪政府。一是伪宝安政府，县府设在南头；另一个是伪惠阳县政府，县府设在现深圳的沙湾。南头和沙湾均建立了伪警察大队。南头兵力450人，沙湾100人。

黄翔关于日军修筑工事的情报，送达东江游击队的情报部门，对于综合分析判断日军部署，无疑起到重要作用。

黄翔这才知道情报交通有多重要，他越干越得心应手。参队的第二年，1944年黄汉英介绍他加入了中国共产党，他没再提上前线，一直干到抗战胜利。

经历过战争的交通员黄翔，月姐信。

情　报

港九大队有多少交通站?

《港九独立大队史》记载，西贡地区有深涌、赤径、过路廊、沙角尾、坑口和梅子林交通站；沙头角地区有乌蛟腾、涌背、三椏、沙螺洞、横山脚等交通站；元朗地区有梧桐寨村、大窝村、夏村和荃湾交通站；大屿山中队有大浪村交通站；市区中队有坑口、九龙市区、香港岛等交通站。

两个交通站之间，根据距离长短设立一两个中转站。

由此可见，港九大队的交通网点遍布各区，大队总站至中队交通站及中转站，构成了点线相连的交通网。每个交通站配有交通员，大站3至5人，小站2至3人。交通员大多数是12岁至14岁之间的孩子，也有妇女担任交通员。

港九大队有多少交通员?

在相关史料中不见记载，仅从以上资料推断，交通站（包括中转站）大约有20多个，那么交通员也就在50人至90人之间。

黄翔这类交通员很多，但像他年龄超过20的却很少，更多的是10多岁的孩子。

月姐也曾经是普通的交通员，亲历过每一份情报递送的艰辛和险象万分，需要比钢铁更坚定的勇气和顽强！特别是接到十万火急的文件，十万火急的奔跑，不是奔跑在大马路，是穿越在日军岗哨林立，层层封锁的地区！

欧巾雄，这位南洋吉隆坡的女孩，1938年就读女子学校的她和同伴李蓬娣去看戏，碰上了抗日捐款的宣传，结果她们不但献出了看戏的钱，连同自己也“捐”给了中国，成了东江游击队的女游击队员，曾担任沙头角涌尾交通站站长。（深圳东江纵队老战士联谊会资料）

月姐心里知道，这些本该坐在学校读书写字的孩子，却无畏地担当起传递情报文件的重任。那种难言的复杂心绪，无时无刻不为他们忧心为他们焦虑，每完成一项艰难的任务很为他们骄傲，然而心底里却盼望战争尽早结束，让他们远离这样的骄傲。战争就是这样的纠结。

1943 年，沙头角涌尾交通站设在乌蛟腾村。最年长的站长欧巾雄，这个 1939 年 18 岁从马来西亚回来抗日的华侨女孩，20 出头了。而七八个交通员全是孩子，小的 13 岁，大的不到 18 岁。最小的温观友，外号铁沙梨，看上去也像广东常见的黑皮沙梨，黑实粗硬。这个个子矮小，看上去不到 13 岁的孩子，出了名的顽强。

1943 年的一天，村子突然被日军包围，站长马上命令携带秘密文件上山。必须马上通知驻扎在七木桥村的游击队撤离，铁沙梨接到任务，抓起衣服就跑。刚到村口就碰上进村的日军，他刚转身回头闪进屋后，日军就边开枪边围上来。情急万分，他突然看见树下有头牛，主意有了，马上解开牛绳，使劲抽打牛，牛受惊立即飞奔上山，他装成追牛的模样，急急忙忙不停向后山跑。日军又发现他了，子弹嗖嗖飞来，他依旧不停地跑。

日军抓到乡民问：这小孩干吗跑？

老乡说村里看牛的，怕皇军就跑了。日军信了也就不追了。

铁沙梨一口气跑上山顶，放了牛，往七木桥方向跑。

天突然电闪雷鸣，暴风骤雨，他跑，跌倒爬起，跑，还是跑。下了山坡，一条几米宽的河挡住去路，不熟水性的他没多想，扑通扑通往对岸游，没几步被冲出几米，挣扎几米又被冲走了，紧急中幸好被木头挡住，抱着木头游到对岸，爬上岸，刚一起身就头昏脑涨倒下了。迷迷糊糊中自己用劲跑却怎么也跑不动，睁开眼躺在水草中，大大的雨滴不停地砸在脸上，他猛然想起了：任务！日军！

他用尽力气爬起，软绵绵的身体跌跌撞撞，跑几步又倒下了，他又撑起又跌倒，走走停停。站不起就爬，爬不动就滚，硬撑着前行了 10 多里路，游击队哨兵发现了这个泥人，扶起他，孩子只喊了一声“日本鬼来了……”就昏过去了。

半小时后，日军果然包围了村子，游击队得到铁沙梨送达的情报，安全转移了。

《东江纵队志》记载，在 1943 年日军的一次扫荡中，10 多岁的小交通员温仔被日军抓捕。日军扒光温仔的衣服，捆住手脚吊在火堆上面生烤，烧得皮肉焦烂就扔进池塘浸泡，最后丢在深山。想让这个孩子死在浑身长蛆流脓的疼痛之中，没想到温仔挣扎着爬回了部队。

曾发，香港沙头角梅子林的小男孩。1941年12月8日，日本飞机从头顶轰隆轰隆飞过。跑，所有人都跑，跑不出香港沦陷的结局。他听说八仙山岭横山脚村有游击队即报名参加，林冲队长问是否志愿？当然。爸妈同意？同意。部队好艰苦，流血牺牲怕不怕？不怕。1942年初，17岁的他借了一支枪和70 发子弹，连人带枪加入港九大队。

（廖铮 摄）

港九大队卫生员麦雅贞回忆，曾经救治过皮肉烧焦的温仔，后送进英军服务团设在惠州的医院，才救活了温仔。

这温仔是否就是温观友？

2015 年初秋，辗转打听得到温观友的电话。老人耳朵听力很差，经家人确认这温仔并不是“铁沙梨”温观友。

这温仔又是谁呢？没有任何线索可以确认。

月姐清楚这些不知道姓名的孩子很多，这些交通员们都叫“仔”，也都没有枪，他们的“枪”就是自己的智慧和勇敢，还有路走多了的经验，这经验老练得成了一种本能，奇特地保护了自己。

1944 年秋天，不满 20 岁的交通员曾发，任务接送港九大队政训室主任黄高阳，从西贡回到大涌背已经凌晨 1 点多，他们就地休息，天刚亮，隔壁的老乡突然拍门：日本仔！ 40 多个日军登陆了。

曾发马上背起游击队的大包药材，领着黄高阳上山。山上几乎没有路，坡上坡下都是密林，林间尽是荆棘和矮树缠绕，浓密的草几近一人高，可以隐蔽，上或下？思考的时间只有半秒，已经听到日军狼狗犬吠，坡下！他马上猫腰领着黄高阳钻进密密麻麻的草丛堆。刚刚坐稳，日军就到了，一条军犬就在他们头顶处的坡上一直搜索，黄高阳不慌，沉着地擦拭着手上的短枪。曾发没有枪，也不慌，慌有用吗，大狼狗会因为这跑掉？他拣起石头做好拼死的准备。狼狗一直往前又回头走了，完全没有嗅出他们的气味。曾发怎么选择这个上风的位置？似乎是直觉，月姐明白这直觉的背后付出了多少血汗。

元朗交通站的范流仔和彝仔，经常深夜往返林村到沙头角或到大埔李厝村交通站。如果是接送任务，每当通过铁路或公路前，就让“任务”暂停，自己猫那样轻轻地摸到铁轨边，耳朵紧紧贴在铁轨上，或趴在路口扔块小石头，确认车道上没有日军巡逻车或别的情况，才回头一声口哨，让大家起步。月姐知道要走多少回夜路才有这样的机敏。

荃湾交通站的何观祥，身上带着传单和《前进报》，从元朗交通站回荃湾交通站，途经青龙头，看见军车在公路奔驰，赶紧转身进入树林把身上的资料藏好，做了记号又上了公路。日军果然喝令检查，什么都搜不到，厉声追问，他也对答自如不存破绽。日军伸手打了他几个耳光，放他走了。第二天，他和陈林生交通员回去取回了资料。月姐清楚他们是如何摸透日军规律的。

西贡的李纪才 12 岁，常常戴顶烂竹帽，拿杆竹鞭，光着脚板，大摇大摆混在牛娃群里过岗哨，那牛鞭里就藏着卷成香烟大小的情报。月姐深知这等让人叫绝的胆量和聪明不是天生的。

深涌交通站的张发 13 岁，送信给手枪队长肖华奎。半夜走到马寮村的日军封锁线，探照灯四处晃，码头大桥有岗哨还有巡逻兵，张发把信藏在早就备好的竹筒里，自己拔了把狼箕草，抽出草芯含在嘴里，潜水 300 米过了封锁线。月姐断定，这水性和机警是张发的游击队兄长言传

老渔民林戊和14岁的侄子林传，连带自己的小木船成了交通员，与风浪搏斗成为家常便饭，谁会留意大海中那“一条橹两把桨”（木船）？情报就拴在孩子林传腰间的竹筒里面，就这样，令许多不可能都成了现实……

图中间白衣者为林传，时为“钢铁连”连长。

（林传 供图）

身教的。

50多岁的老渔民林戊和14岁的侄子林传，连带自己的小木船成了交通员。数不清的风里浪里，从来没有一个“不”字。1942年夏天，他们接到送达大队部的急件，可正是台风临近，急件！风雨无阻，他们扬帆往深涌驶去，大浪滔天，船在泥塘角被打翻了，他们和惊涛骇浪搏斗了一个多小时才游上岸。有一次送信到大鹏湾上洞村的东纵司令部，也是顶着风浪，到了上洞海面却怎么也靠不了岸，急！戊叔只有将那藏了信件的竹筒拴在林传腰间，让侄儿下海，水浅滩长，翻起的大浪特别凶狠，别人早就吓瘫了，海生海长的林传在浪中浮浮沉沉，上上下下，也无法到岸。戊叔高喊，潜水！趴到海底！林传一下子闭气伏入海底，双手双脚插在沙中，一抓一爬上了岸。

月姐如何不感叹他们的临危不惧？

牺　牲

在月姐的生命里，那些在港九大队交通线上牺牲的交通员，是她永远的痛。

1943 年的秋天，海上交通站设在赤径。海上交通员何根 17 岁，石十五 15 岁，他们都是西贡渔民的孩子。因为家穷，小小年纪就替人当舵工，风浪里翻滚长大的少年。他俩驾驶一条槽仔（木船）交通船，后改为索罟（拉网船），做过舵工，拉网、扯帆、掌舵，对海上的地形环境十分熟悉，因此躲过许多次日军的扫荡。

这天，海上中队队长陈志贤写了封密信，派何仔、石仔去赤径取子弹。

他俩到达赤径交通站，月姐当时正是赤径交通站站长，连夜安排子弹搬运，并让他们休息。天亮了，他们驾驶交通船泊进羊槽湾，忽然听到日军巡逻艇的“嗒嗒”声，他们狸猫般翻身下舱，三下五除二，把一箱箱子弹搬出投进海中，两人再各抱一箱子弹扑通跳进海里。

日军上船检查，奇怪，空空的小船。

何仔和石仔就藏在别的渔船底下，日军走了，他们请渔民帮忙把子弹捞上来。

“大华队”和“中华队”及时得到子弹的补充。

何仔和石仔的交通船来往赤径次数多了，大家都知道这是游击队的交通船。不想汉奸也打听到了，偷偷向日军告密。

这天早晨，交通船泊在南澳港内，他俩正在船上做饭。突然，一艘

冯芝，因为女儿方兰是港九大队市区中队长，怕女儿苦累，忧女儿危险，妈妈抢着替女儿送情报。她成了港九大队最年长的交通员。1944年3月17日被日军逮捕入狱，拷刑电刑之下，日军问：你是什么人？老人答：中国人。是年6月22日，冯芝被杀害，牺牲时年61岁。

（深圳史志办资料）

日军汽艇直闯过来，气汹汹的军曹带着几个士兵呼地跳到交通船上，军曹呼啦一下拔出指挥刀哇哇大叫，枪尖对着何仔和石仔，逼他们投降。

他俩挺着胸膛，不但不投降还痛骂日军。

军曹用尽酷刑也无法令他们说出游击队船只停泊和存放物资的地点。

面对孩子毫无办法的日军，大怒，竟命士兵把他们五花大绑投进船舱，盖上舱板还淋上 2 桶汽油，日军返回汽艇，往木船投燃烧弹，冲天大火瞬间吞没了小船，活活烧死了何根和石十五。

港九大队抗日战争中牺牲的交通员，远不止他们。

符志光，交通站站长。1943 年 3 月 3 日在沙头角晏台山港九大队政训室被日军包围，突围中牺牲。

冯芝，交通员，港九大队市区中队长方兰的母亲，支持女儿抗日，主动为游击队送情报，为港九大队最年长的交通员。1944 年参与营救美国飞行员克尔行动，同年 3 月 17 日从香港送情报至坑口，在筲箕湾岗哨被日军搜出缝在衣服里的情报，逮捕入狱，日军问：你是什么人？ 61 岁老人答：中国人。日军以拷刑电刑及狼狗恐吓威逼冯芝不果。同年 6 月 22 日冯芝慷慨就义。

张咏贤，交通员（情报员），利用在日军敬记船厂工作便利收集日军海军军舰情报。日军根据冯芝身上搜出的情报笔迹，逮捕并以酷刑审讯年仅 19 岁的张咏贤，不屈。1944 年 6 月 22 日，与冯芝老人同赴刑场就义。

张金福，交通员，1945 年 1 月在元朗山下村掩护游击队伤员，被日军追捕严刑逼供拷打致死。

成水金，交通员，1943 年春，日军在西贡清水湾扫荡，汉奸告密被捕，年仅 16 岁的他立即把情报嚼碎吞进肚子，被日军发现用刺刀乱捅而亡。

……

这些交通员，有月姐见过但更多并不认识。因为各作战中队常常处于流动状态，大队部要求交通站设在相对稳定的地点，确保交通联络顺畅。但从安全考虑，严格规定一个交通员一般只与下一站联系，所有情报、文件等都是一站交一站，交通员之间只认识上下线。只有特殊情况才允许跨站传送。

月姐，1944 年开始担任港九大队交通总站站长，正是依靠这些分布各处的站点，正是这许多没见过面的交通员个体，用生命铸成了港九大队的动脉。

她的心里，怎么可能不存放这些英雄的丰碑？

动 脉

情报是游击队的耳目，交通等于贯通游击队东西南北的大动脉，何等重要！抗日战争时期，东江纵队缺乏现代交通工具和通信手段。命令和指示，各部队和各情报站的请示及情报，部队之间的书信，军需物资，人员来往等等，靠什么传递转运？

不错，依靠遍布东江地区的交通网。

《东江纵队志》记载，1944年，东江纵队从7个大队扩大为7个支队，包括独立大队共有42个支队，分布在东江、北江、小北江数十个县的区域，纵队司令部直属交通总站从不到20人增加至70人，总站长李群芳。总站设在坪山。

1944年秋，李群芳调任纵队司令部交通科任科长，李坤接任司令部直属交通总站站长。

此时，东纵交通科掌握着全区6个交通总站，司令部直属交通总站、港九大队交通总站、路西第一支队交通总站、江南指挥部交通总站、路东第二支队交通总站、第七支队交通总站。

6个交通总站共有44个交通分站，交通员200多人。

交通网依靠什么？就是一个又一个的交通员。

然而，这一个一个的交通员，如何组成严密而畅通的各级交通站？连接成令人惊叹的神秘整体？

尤其港九地区，公路密布，海运四通八达。日军宪兵、警察局分5

埔電器公司

香港的交通情报站有多少？为了安全，许多记忆只存在交通员的脑子里，这挂着卖“电器”的铺子是罗欧锋留给世界的见证。（罗欧锋 摄）

区驻守，分割封锁，各区日军可随时联动调兵扫荡。

港九大队一成立就研究如何在回旋空间如此狭小的地区打游击战。

答案是分区活动，逐步建立6个中队的基层队伍，各中队分散在小块的游击基地活动。新界就有西贡、沙头角、元朗3个基地，沙田和坑口2个活动据点。活动在东面海域的海上中队，离岛区的大屿山中队，九龙市区的市区中队。而领导层面的大队部在1943年3月前分驻西贡和沙头角两地，最高层的东江纵队司令部则远在内地。

最困难的是联络，没有完善的联络就等同一个被肢解的废人。

不难，交通总站就是港九大队的联络中心，交通总站和东纵司令部交通总站以及各中队交通站联络，担负起司令部和大队之间，大队部之间，大队和各中队之间的上传下达和协同作战。

一句话，就是建立贯通港九大队的动脉。

1942年2月港九大队成立初期，交通站和肖华奎短枪队一起设在西贡深涌村李家大屋。初期交通和情报并没有分家，也叫情报交通站，站长李坤。各区情报汇集到总站，交由港九大队部的情报干事蔡仲敏，她是直接统率情报交通站的大队领导。直到1944年，情报和交通才分开。

据早期的港九大队交通总站站长李坤回忆，深涌有6条交通线。

深涌至沙田梅子林交通站，吴顿负责，并与沙田短枪队联系。交通线途经榕树澳、企岭下村、十四乡。

深涌至沙头角涌尾交通站，何杰、欧巾雄、曾发和陈维修先后负责此站，此站的交通船是林戊私人船只，他和侄子林传负责驾船横渡吐露港海峡的联系，有时也直接和沙鱼涌东纵司令部交通总站联系。此站也可连接大埔林村交通站，再由大埔林交通站连接元朗交通站。

深涌至西贡嶂上村。深涌交通站直接联系港九大队大队部。

深涌至西贡墟周边交通站，李锋负责，并与江水短枪队联系。交通线途经榕树澳村、企岭下村、禾寮村、大环村。

深涌至西贡墟周边交通站和北潭村交通站，赵华负责此站，并与军需和民运部门联系。此站交通船也是海上渔民容娇母女的家船，后母女连船带人参队，负责交通的运输和接送。并与大坑口交通站联系，大坑口交通站特定与槟榔湾村的市区中队方兰队长联系。

深涌至赤径交通站，罗许月负责此站，交通线途经南山洞村、白沙澳、高塘、土瓜坪。除联系常备中队外，此站交通船专门与沙鱼涌的土洋村交通站，北潭村交通站联络。

《港九独立大队史》记载，大队部驻扎在西贡赤径和嶂上一带，也相应设立交通总站。大队和司令部设定水陆两条交通线：水路由赤径或北潭涌过大鹏湾到沙鱼涌，陆路经沙头角转宝安。

交通站来龙去脉，只有月姐这些战争的亲历者，才能沉浸其中，品味那些熟知的故事，那些严谨和效率的细节。

而在今天通信网络发达的年代，却十分遥远和陌生，确实无法想象和领略。

或许，从另一个角度反观其中更能解读交通站的奥秘。

行　动

1944 年 10 月，也就是月姐担任港九大队交通总站站长时期，美军派陆空作战技术研究处欧戴义少校前往广东东江纵队商谈情报合作事宜。经中共中央同意，设立东纵特别情报部门“联络处”，处长袁庚负责与美军情报合作的各种事项。欧戴义建立了电台，搜集广东以及港九地区日军的各种情报及气象资料，直接提供给美军第四舰队（太平洋舰队）及陆军第十四航空队（飞虎队）使用。

袁庚领导的情报部门获取了有关日军机场、港口、兵营等设施的准确情报。

仅港九地区，启德机场的杂役黄尖、太古船坞工人黄友、九龙宪兵分部的杂役郑斌、香港宪兵本部特高课密侦黎成、女情报员文淑筠等，分别将香港启德机场图例、太古船坞建造计划图例、香港日军机关、船坞、油库详图，香港海防详图，香港地区重要军事目标照片，日军华南舰队密码等机密情报，都准确及时地送达盟军。

这每一份情报，正是经交通站，一站转一站，接力的终点就是袁庚。再由袁庚送到欧戴义手中，并转达美军第四舰队司令部的尼米兹上将和陆军第十四航空队的陈纳德。

1944 年 12 月，美军出动大批轰炸机，两轮猛烈攻击军事目标，启德机场的 2 架军机，中环海面的 5 艘舰艇、青山道的日本军火库，全被炸毁。

2005年的袁庚，回首无愧无怨的抗战生涯。1944年底，毛泽东亲自批示，同意在东纵设立联络处作为特别情报部门。东纵正式任命袁庚为联络处处长。（张黎明 摄）

1944年10月间
东江纵队就盟军要求情报合作事宜请示中共中央与中共中央复电电文
《请示和美人欧氏接谈办法》
《指示与欧博士会谈》
《曾生同欧博士谈话情形经过》
《联络处在筹建中》

1944年初，美军史迪威将军和中共周恩来谈判，要求派8个观察组到中共抗日根据地进行情报合作。直到抗战胜利仅2个组成行。一是1944年7月延安的包瑞德上校观察组，另一是同年10月7日东江纵队的欧戴义少校观察组。此为东纵联络处，袁庚为处长，主管珠江三角洲和广东沿海敌占区的情报和交换情报的工作。通过东纵罗浮山电台，欧戴义少校和美国著名的“飞虎队”陈纳德将军及美国太平洋舰队总司令尼米兹联系。

（深圳东江纵队老战士联谊会资料）

这是美军第四舰队和陆军第十四航空队的联合行动。

日军绝对不会想到，启德机场后面的钻石山上，轰炸前，东纵联络处处长袁庚早就站在山上，等待着轰炸的那一刻。

袁庚正在执行观察轰炸效果的任务。

盟军为不伤及平民且达到轰炸效果，一要求准确提供轰炸目标资料，二要求第一时间提供轰炸效果。

第一项，行动前港九大队的情报人员将轰炸目标设定远离居民区，并提供准确方位图。

第二项，袁庚和欧戴义周密布置，组成小分队，欧戴义带领电台由短枪队护送隐蔽在大鹏湾的土洋村；而袁庚带 2 名侦查员渡海经塔门、深涌，再过马鞍山进入九龙半岛，悄然在黎明时分，盟军联合轰炸行动前，登上了钻石山。

太阳出来了，一览无余的机场和中环海面，袁庚看得清清楚楚：机场跑道上的 2 架军机，中环海面的 3 艘补给舰、2 艘巡洋舰。所见与情报显示位置准确无误。

第一轮轰炸清早开始，机场 2 架日军飞机准备起飞迎战，美军飞机俯冲而下，击中其中 1 架，使之冲向跑道外的建筑。3 艘补给舰全部击中，浓烟中，1 艘倾斜开始下沉……

第二轮轰炸中午 12 时开始，直至结束，袁庚才离开现场。

袁庚的观察行动，从大鹏湾的土洋游击区进入九龙半岛，登上钻石山，观察完毕，下山进入市区，过界限街，抵汉口道的交通联络点住下。第二天整理出空袭效果报告，至天黑从原路折返，昼伏夜行，安全抵达深涌；再乘船到土洋，袁庚的每段行程，也像情报接力那样，接送的交通员一站接着一站。

袁庚远远就看到土洋岸边焦急等待的欧戴义，接到报告的欧戴义立即向第十四航空队和第四舰队发报。这是轰炸后的第 4 天。

十四航空队指挥官陈纳德给欧戴义的贺电中称：我们对你们最近提供的特别情报十分感谢。

联络处长袁庚感慨：永生难忘的行动。

如果没有交通站，盟军所需的准确方位图能够送达？袁庚可以站在钻石山上观察轰炸效果？答案只有一个字：不!

交通，令盟军疑惑且叹服此等严密和效率，这血肉之躯铸成的神奇“动脉”，悄悄流动着同仇敌忾的抗战精神，在流动之处，在这片中国人经受耻辱的土地上，收归民族的希望和尊严。

家　园

或许从这个角度会更清楚，东纵的《前进报》每期约有一担（50公斤）；东纵兵工厂修好的枪支和生产的三角刀一批又一批；东纵军需处制衣厂的服装、胶鞋、米袋等一担又一担；港九海上中队缴获的日军物资每天20担，持续了2个月；东纵军干学校和青干班的学员来往近2 000人次……

靠什么转送?

全靠这些交通员，大多数为孩子的他们，一个个互相间只知道上下线的他们，如何交融成这样的“动脉”。

交通站，是一个家。

站长是交通站的灵魂。

罗许月，新界生新界长，1942年初的她，20多岁的她没有走出过香港，没见过多少大世面，初看外表也是弱女子。她不怎么笑，瘦削脸上的一双眼睛显得比别人大，眼光并不闪烁，有一种仿若遁入空门既不冷也不热的平稳。不错，抗战初期，她真的是出家人。

她手下的10多位交通员，不过是10多岁的孩子。

交通站，就靠这样的弱女子和小孩子，行吗?

罗许月刚刚担任赤径交通站站长，一下子看到这许多情报文件，怎么分发？怎么派送？还有司令部来人，大队来人，如何安排？如何护送？确实有点晕。

罗许月，原名罗乙昭，生于1915年农历八月二十三，参加东纵后曾经隐蔽在一户姓许的人家，就随许姓，故为许月。抗战期间曾经担任港九大队交通站站长，渐渐成为东纵战士们喜爱的“月姐”。（黄小平 供图）

月姐读过几年私塾，人也平稳沉着，心细的她慢慢地琢磨，文件一到就登记处理。文件和情报，分类登记，按照东江游击队的情报规定分成两大类：一为普通文件，二为急件，急件中又分为一个 ×（急），两个 ×（特急），三个 ×（火急），四个 ×（十万火急）。

然后安排交通员出发送件，先急重件，后轻缓件；有接送人员任务，就安排交通员接送。一回生两回熟，十天八天上手，渐渐就有条不紊了。

月姐心细，与孩子们相处，家境、擅长、爱好、脾气、性格也渐渐摸透了。

要保证文件及时、快捷、安全地送达目的地，文件让谁送？谁出发？谁留守？

月姐心中有数，谁合适走水路，谁熟识这段陆路，谁的应急能力强，谁的耐力好。谁送达最合适？一下子就拿了主意。

战争，必定有火急火燎的紧急情况。

这天来了四个 × 的紧急情报送到北潭村转坑口，所有的交通员都出去派送了，不能等，走高塘村线的交通员应该回来了。果然，没多久交通员回来了，草帽一放就想歇息。月姐一句话也不多说，紧急！马上出发。她没有半点商量的余地，军机耽误，将造成无可挽回的损失，来不及歇一口气的交通员重新出发。

这天村民突然急慌慌跑来，日本仔来了！她赫然挥手下令：马上上山钻山洞，山洞早前探查准备好的，所有的留守人员背的背，挑得挑，上山；派出交通员马上通知日军扫荡可能威胁的相关部队；临行前，暗号挂上，让返回的交通员直接上山洞集合。

这时候的月姐不再是柔弱的女子，连她自己也惊奇，子弹飞过反而镇定。似乎那子弹从她身旁呼啸而过，带走了怯懦，却带出身体内含的力量和智慧。对于那些交通员，对于那些被称为“小鬼”的交通员，是指挥员，是说一不二的命令和威严。

她的确不再是那个弱女子。

也奇怪，几乎每天跑上跑下的孩子，尽管这样的苦和累，他们就是喜欢这个家，喜欢站长月姐。

这些大多来自农村，不少人的父母在日军扫荡中遇害或失散，这些出身贫苦家庭，失去或不得不弃家参队的孩子，都有种种难言的失家痛楚。

交通站给他们家的感觉，不是虚的，嘴上说的，是可以触摸的实实在在的家。一个人一颗心，十个人十颗心，这家的温情，家的氛围，说得容易，月姐靠什么，把散散的心拢在一起，拢成一个家？

比孩子们年长近 10 岁的她，是他们的“月姐”，交通站里的都是“自家人”，都是她的同胞弟妹。

每天，她起得最早，准备好送达的文件，也睡得最晚，等待最后一位交通员安全归来。或者突然来了情报来了接送任务，她通宵紧急处理。

不论是交通站还是医护所，一发现敌情就得紧急转移，抬着伤员和物资，从村里撤移到早已准备好的山洞，或炭窑，或树林深处的茅寮……（罗欧锋 摄）

交通员们都睡了，她半夜还起来查铺，生怕这些累坏的孩子们蹬了被子，着了凉。如果有孩子病了，她前前后后忙着找药，煎药，忙个不停。有时候三更半夜，孩子病情紧急，她也摸黑深一脚浅一脚，硬是背起孩子赶到大队医务所。

这个家，一旦敌情紧张就得转移到山上或海边岩洞里，甚至风餐露宿，雨淋日晒。如果碰上冬天，刺骨的风呼呼直蹿，如一把把冰刀子在身上

这张流传甚广的东纵图片，右边那位持枪的高个子是小交通员西贡人江来福。其实，罗欧锋拍这张图片的时候，江来福已经调到了战斗部队。右肩上挂着枪，他终于梦想成真了。东纵有许多这样的战士，他们都是从担任交通员开始的。（罗欧锋 摄）

乱刨乱刮，月姐就睡在风口的地方，为衣单被薄的10多个小交通员挡风，把他们冰凉的脚丫搓一搓裹一裹，有条件时煮锅热水暖暖脚。

苦？累？所有的孩子一定会拼命摇头，第二天送情报照样跑得飞快，没有人哭。有太阳的时候，晒太阳暖暖，没太阳的时候，大伙碰撞着身子，还轻轻唱着月姐教会的“大刀向鬼子们的头上砍去”，真可以把身子碰暖唱热……

有比这更亲的家吗?

这个家很暖，这个家也很齐心，还处处温暖别的人家。每转移一处新地点，新村子，月姐就领着交通员们打扫街巷卫生，为老百姓挑水，为老人劈柴烧水；要发现村子里谁病了，谁家有麻烦，谁家发生纠纷，就立即向游击队民运队反映，解决谁家的困难。

月姐，让人感到亲切，还有一种奇特的东西，她坐在那即使不说话，温和无言地看着大家，也有“家”的气场，那是什么？一种可以依靠的坚实感：脊背或支柱，桥墩或扛鼎，温情或暖光，总之让大家心里很踏实很温暖。

月姐在村子走一圈，总跟着“月姐”前“月姐”后的声音，老百姓请她和交通员们去家里做客。

这时候的交通员们就咧开嘴笑，一张张娃娃脸格外灿烂，还骄傲地昂起头，神情在说自己是月姐家的。

月姐最安慰的就是自己的这些交通员，没有现代化交通工具，除了水上交通船外，他们唯一的交通工具就是他们自己，靠的是自己的“两条腿”和“一条橹两把桨”（木船）。长年累月风雨无阻，白天黑夜翻山越岭，经常整日整夜吃不上饭，这时候靠的只有精神，“铁脚、夜眼、神仙肚”这些只在神话中有的东西，都成了现实。

说起这些，她的心会刺刺作痛。如果没有战争，他们都会坐在学堂里，安安静静地听说读写。

很多时候，晚上有点儿空闲，月姐就不让闲着，组织留守待命的交通员学习文化（大队政训室编写的通俗课本）。有的孩子累了一天只想睡，就为了一口饭参加游击队，有饭吃就行了，不想学文化。

月姐不责骂孩子，只是说不会一生一世当交通员，将来，将来一定

罗欧锋喜欢拍一脸稚气的小战士，肩上扛的是真枪，“吧嗒”一下就能射出让日本鬼子害怕的子弹。月姐手下的小交通员们，戴着破草帽，拿着赶牛鞭，装束不同，但年龄是一样的……（罗欧锋 摄）

在档案中找不到交通员们的集体照，罗欧锋捕捉过不少小战士的镜头。军帽和子弹袋，还有那行军中的威风，这都是小交通员们羡慕不已的，做梦都想这样大步走大声笑。（罗欧锋 摄）

会赶走日本仔，和平了，干什么？有的说开飞机，有的说开轮船，有的说上大学。月姐说，不识字，能开飞机、轮船、上大学？

本来就应该坐在学校读书的孩子，想和平吗？想坐在课堂里读书？想极了，这一想自然学习就有精神，为了开飞机开轮船为了和平，识字多年后这些孩子成才了，有一位还成了中国第一支土空导弹部队的军官。

每天，只要还有没归家的交通员，月姐都会等，都会在家热了饭，烧了水，等最后一位送文件情报、人员、物资的孩子安全回家。

不管夜有多深，回家的这刻，端出热好的饭菜，再静静地看着孩子们狼吞虎咽，一颗悬空的心才安然落地。她那双很大却隐潜了丝丝凄冷的眼睛，也会在此刻暖流无限，在倏然间无比明亮，那是她最舒心的时刻。

这是孩子们的家，月姐把他们拢在一起，很简单，凭心，将心比心。不过，孩子们并不知道，这更是月姐渴盼的家。

新　生

家，曾经是她的痛，痛得彻夜无眠，似被甩在油锅煎熬不停翻转的痛。

那个年代，20 多岁的女人早就儿女成群，她却独身一人，没有家。

1915 年农历八月二十三出生的她，父亲起名乙昭，自幼能够被送到私塾读书已经是千万分的幸运了。

那个时代，男尊女卑，她必然承受着弟弟们没有的沉重和压抑。渐渐到了男大当婚，女大当嫁的年龄，父母自然做主将她许配给沙头角卢姓商户人家，希望女儿丰衣足食，生活无忧无虑。

家境殷实，衣食无忧，恰恰没有乙昭心里渴望的东西，那是什么？也许她也说不上，只是眼前的富裕并没让她快乐。

如果是当时的普通女人，也就闭上眼睛认命了。可乙昭极其聪明，读书识字令她心里藏了对精神的渴望，身上多出当时女孩子欠缺的主见和勇气。

不肯屈就的她并非一开始就自主选择自己的路，她顺从地出嫁了，可心里头却有一团不屈的火。眼前叫丈夫的男人，几乎天天躺着，手握烟枪，闭眼醉心，一口一吸，脑壳上的一个天，脚底下的一个地，都比不上一口鸦片。更别说一个女人，妻子，不就是想扔就扔的衣服？

自己的一生就和鸦片烟鬼做伴？嫁鸡随鸡，嫁狗随狗的年代，这不是问题，而是必然。

这个好吃懒做的人会改吗？她抱着希望，劝说这个男人戒掉毒瘾，话没有说完，乙昭被一脚踢落床下，她执拗地再劝，得到的是自己身上青一块紫一块的拳印。

乙昭闭眼作已死想。不管往心里捂上多厚的棉被，如何地按压捂紧，熄灭不了那团暗火，那闷那沉那喘不过气的屈辱。在鸦片烟雾缭绕中，在拳打脚踢中，那火，勇猛地烧，不顾一切冲垮了那个必然，那个她自己。

她选择了离开卢家，可离开卢家，怎么办？那个年代的传统，女人是天经地义被养的。

她说自己不能养活自己？这个自己令她抬头，抬头的一片天！她看报读书，知道香港有不少女工，自己养活自己。

那个年代，离婚是不可思议的。她做到了，只求自己养活自己，去学缝纫，去学车衣服。

那个灾难深重的年代，家有家难，国有国难。1937 年至 1940 年，3 年间父母双双身亡。尤其 1938 年日军登陆广东大亚湾，侵占广东，香港新界涌进了数以万计的难民。

月姐的世界不像弟弟们，在学校里和老师或同学讨论争辩这个主义那个理想，互相启发，感悟民族大义，拯救中国，走上抗日的路，一个个参加了抗日救亡团体。

父亲猝死，母亲，疼爱她的母亲，似乎整个垮了，常常到后山哭泣，哀伤过度，不到 3 年也走了。接着两个弟弟先后加入东江游击队，家变得冷清，亲人们的走掏空了她的一切，只剩下让她感到恐惧的冷，孤苦伶仃和哀伤无助。遁入空门与庵堂的姐妹为伴，似乎是最好的选择。

她出家了，在大埔的庵堂念佛修行：孤灯夜雨一炷香，了却人生悲苦事。

1941 年 12 月 8 日，日军进攻香港，庵堂的平静即告结束。

罗汝澄担任向导带着武工队返回南涌老家，接着组织常备队，南涌的老屋自然成了他们的集聚地联络点。这是港九地区游击队交通站的雏形，罗汝澄、罗雨中兄弟俩齐心协力组织常备队。弟弟们为民族为国家顶天立地，那种气魄令身边的人也一起沸腾。

弟弟汝澄有一句话，很普通也很震撼：国家有难，人人有责。

这个人人，没有歧视，没有差别，没有在世，没有出家。巾帼不让须眉，她动心了，加入弟弟们的行列，支持弟弟们所做的一切。还有更深，更潜藏的理由，也许她自己也不知道，她渴望亲人，渴望家……

她自然而然被带进了队伍。

是的，在交通站的日子里，孩子们呼唤出她隐埋许多年的自尊。可以这样抬头做人，她没有在男人们面前感到畏缩和惊恐，她的路走对了。

她突然会笑，交通站寄托了她所有的爱。或者说，她发现了自己心里藏了这许多爱，终于找到一个自己愿意付出爱的家。

这里，她很累，很操心，也很担惊。可这累、操心、担惊，恰恰令她有种从来没有过的肯定和满足。

一个女人，可以像男人那样为国出力。

她的情感比弟弟们更细腻更丰富，因为她知道受尽欺凌的滋味。她更珍惜家，这就是交通站给予她人生的大幸福。

夜深人静，她在油灯下给孩子们缝补衣裳上的破洞，检查孩子们作业的错别字。此时，她会微微地笑，这时的她不像站长，像母亲也像父亲，像姐姐也像哥哥。总之，她身上满满的，集含了所有的爱，淋漓尽致地落在一针一线，或一字一句当中……

这个家，凝聚了她的交通员们和她自己。

乙昭为什么更名许月？1942 年 2 月港九大队一成立，游击队活动范围扩大，开辟新交通线，建立新交通站，乙昭也跟着走。所有参加革命的人，为了不连累家人几乎都会更名，她曾经隐蔽在塔门、南山一带，住在一户姓许的老百姓家中，跟许家姓，对外说是许家女儿。“许月”成了她在游击队的名字，一直使用，直到新中国成立后加上自己的姓——罗许月。

这“许月”也代表着她向过去告别，告别“乙昭”。

月姐，1942年，从普通的交通员开始，同年加入了中国共产党，担任赤径交通站站长。1944年6月，成为港九大队交通总站站长。

1944年春夏，日军在西贡、沙田地区大扫荡。这一时期，是港九大队领导机关最动荡的时期。同年5月大队部从赤径迁移到南澳半岛，交通总站亦随之迁至南澳水头沙。同年8月大队部又迁回赤径。1945年9月搬到盐田……

月姐，这位港九大队的女交通总站站长，正是在这样动荡的战火磨炼中，在无数次出色的情报转送和人员接送的任务中，渐渐为东江纵队熟知。其实许多人都不知道她的真实名字，但一说“月姐”谁都知道。这位手下掌管几十名甚至上百名交通员的女站长，名声太大，还被日军和汉奸列入黑名单，多次抓捕都因有群众保护而未得逞。

1945年8月15日，抗战胜利，港九大队奉东江纵队的命令撤出港九新界。

抗战胜利了，月姐也将进入30岁了，依旧只有交通站这个家。尽管她从来没有说过心里的苦楚，可时任港九独立大队副大队长的罗汝澄，无论是弟弟还是领导的角度，都想到“月姐”该有个自己的家。

汝澄特别欣赏当时在沙头角大众米站做情报交通工作的黄翔，于是为姐姐当起了媒人。

1920年出生的黄翔比1915年出生的月姐小5岁。

这是问题吗？平日，黄翔不知道同在米站的罗许月也是“同志”，只是感到她大方得体，热心助人。此时罗汝澄挑明了，这才知道原来许

亲人相逢，在战前从没到过的“葵涌”，月姐、罗欧锋和欧坚都很平静和随意。如果不是站在姐姐和妻子中间的欧锋，不是他的腰背间露出鼓鼓的、状似枪套的东西，就会忽略“硝烟”了。（罗欧锋 摄）

月就是汝澄的姐姐，自己一直很佩服的“月姐”总站长，闻名却不认识，这一恍然，年龄没有产生距离。

月姐这时也才知道，这位勇敢的年轻人也是交通员，曾经冒险搜集日军工事的情报。

他们一下子感到很亲很近。

黄翔从来不擅长表达自己，可在月姐面前，他变得话多，不知道为什么想说，把一切藏在心里的话都告诉月姐，自己的家，自己父母兄弟姐妹……掏心掏肺地全掏出来。

他们算同乡，黄翔和月姐家乡相隔不远，香港新界沙头角山咀村人。

月姐知道了，黄家和罗家都是劳工出身。清光绪年间，黄翔曾祖父黄士福和祖父黄友彩经过 100 多天的漂洋过海，到达巴拿马卖苦力，曾祖父病逝时连副棺材都买不起，同乡们用四块木板钉成一副棺材入殓安葬，真是“遗骨难回桑梓地，泪眼难合在异乡”。黄翔祖父继续在巴拿马打工，有家英国商人看他为人忠厚，做事干练，请他当管家，一干 10 年，还与他们家的女家庭教师（英籍西班牙裔）结婚。1873 年，黄翔父亲黄琼球出生，祖父和祖母就在运河边开了小杂货店。经营多年刚有点起色，祖父突然暴病而亡。十七八岁的黄琼球只有挑起生活重担，白天到运河打工，晚上经营杂货店，他在母亲的教育下学英语和西班牙语，既能说又会写。

3 年后，祖母病逝。堂叔黄耀祥告知祖父生前嘱托，为免黄氏家族在唐山断代，1903 年，中英混血儿黄琼球 30 岁那年回到老家。时逢香港中华电力公司发展很快，其懂中、英文，被招收为文员。黄家终于兴旺起来，修缮了祖屋，娶妻生子。

月姐感叹两家经历如此相像。

黄翔 1920 年出生，1934 年父亲病逝，家里经济来源断绝，他只得放弃学业，到九龙车行学打磨（修车）了 3 年。出师有了薪水的他从不多花一分钱，全交给母亲家用，养育弟弟妹妹，直到日军侵占香港，车行关闭。

黄翔说家事，说国事，说抗日，说情报，说交通站，他坦白自己的一切。

极其聪明的月姐知道，黄翔为什么要把心掏出来。

月姐也坦白，喜欢黄翔这种真心真意的汉子。

抗战胜利了，许月和黄翔都想有个家。

1946 年，东江纵队 2 400 多人北撤山东，其余人员就地复员。不少复员战士，曾经的交通员生活陷入绝境，一时断绝了经费，怎么办？月姐悄悄把交通员们召集起来，在偏僻的新界红石门开荒种地、下海捕鱼，度过极其艰难的一年，这艰难的一年，黄翔一直支持月姐。

1946 年底，罗许月和黄翔结婚，有了真正的家，有了更深的了解，他们没有说自己的爱情很浪漫。

许多年以后都上了年岁，不知道从什么时候开始，黄翔常常会把月姐的脚搁在自己的膝头，修剪月姐的指甲。

许多来往的亲朋都看过这一幕：已近 90 岁的月姐坐在沙发上，80 多岁的黄翔正在为月姐修剪脚指甲，很认真，一个指头，一个指头，很轻，怕弄痛了月姐。

为什么不让保姆剪？

黄翔微笑，月姐的指甲很难剪，她们不懂。

这样的爱情朴实。

换成 20 岁的年轻人，依偎了，轻轻地剪对方的指甲，那就是浪漫了。

2006年的黄翔和月姐，不再年轻的人却有许多年轻的记忆，于是一起翻找那些旧日的相本，那些旧日的报纸……（廖国栋 摄）

那些海战，那**5颗子弹**，那**3条小木船**，那无数渔船**桅杆上的“暗号”**。那木船拼出的**英雄虎胆**，彰显着一个**忍耐坚强的民族**一种**无畏无惧的精神**，正因为这些，**中国不亡！**

第五章

小木船拼出的英雄虎胆

海　战

欧锋几乎一生与海结缘，石涌坳老家靠山面海，儿时的戏海玩浪不说。光说从 1943 年 6 月调入海上中队任小队长开始，天天与大海相伴，他迷大海也像迷“莱卡”一样，渐渐有一种说不出道不明的情感。

戎马生涯 10 多年，直到 1954 年才离开军队，转业后还是和海洋打交道，任职广东省水产厅。从水产厅的办公室主任至水产厅副厅长，直至离休，还是与海结缘。

说起来，这缘分来得格外惊险，也来自港九大队成立了海上中队。简单说，没有抗战就没有欧锋的大海情缘。

1942 年初，欧锋奉命返回香港，担任港九大队副官，分管沙头角片区，直接管辖红石门税站。

他常常到税站检查工作，不时走红石门到小梅沙的海上运输线。

日本一占领香港就切断港九与内地百姓的联系，封锁两地物资流通，名曰严禁“私货”。走“私货”的要杀头，香港商人偏偏开辟“走私”路线，基本上按照早期游击队抢运物资的运输线，也就是大营救路线，用机帆船、渔船以至挑担，运送“私货”从沙鱼涌或沙头角进入内地。据说，仅 1941 年上半年，就有 150 万加仑航空和车用汽油，越过日军封锁哨，成功运入内地。而战时急需的药物及其他工业品的数量更是难以估算。难怪被称为“爱国走私”。

1939年，16岁欧锋就读九龙英文书院，13岁的朱辐贞就读九龙圣玛丽女子英文书院。

男孩每天一早从石涌坳，叮叮当当骑着自行车到上水火车站，乘火车去九龙读书。女孩每天一早从大埔乘火车去九龙读书。男孩和女孩的学校相隔不远，当时新界子弟到九龙读书的并不多，上学放学，同一列车同一车厢同一站点同一出口，每天如是。无数的交叉点，就有了后来的故事。（罗志威、罗志红 供图）

不少老百姓也冒着杀头的危险，带着“私货”由港九市区经大埔乘船至大滘，爬过大滘山到达红石门集中，或是由市区经大埔汀角——船湾——涌背——金竹排——大滘，一直路行至红石门，然后集中乘船到小梅沙，进入游击区，缴纳税款，请游击队保护他们转向内地的坪山、惠州、老隆等地。

几乎每天都有数百商旅来来往往，每晚近十艘的运输船到达小梅沙、沙鱼涌一带，从港九贩运入内地的工业品。如，煤油、汽车轮胎、染料、布匹、棉纱、香烟、胶鞋、衣服、药品。由内地运出的则是粮食（须经游击队批准）、油料、糖、三鸟（鸡鸭鹅）、牲畜、山货、药材等土产和生活、生产资料。

走的人多了，逐渐形成相当热闹，也很独特的海上运输线。

日军不知道？清楚得很，因此恨得咬牙，经常派出电扒（炮艇）袭击过往商船。

日军不明白，暗地里知道这海上运输线船只不少，怎么巡逻艇一出动，却收获不多。

其实很简单，登上吉澳湾的山顶，沙头角海一望无际，这山上还有一棵远近可见的松树，老百姓在这里专人看守，瞭望大海。日军的炮艇没出来，松树竖立着，只要炮艇从沙头角一冒头或从大埔海来，树就放倒了。

周围海面都看得见这树，树倒了，所有运输船和客商都隐蔽或按兵不动；待炮艇走了，松树又竖起来了，运输船队又抓紧时机启航。他们掌握了日军规律，一般黄昏开船，比较容易避开日军炮艇。

1942 年秋天的这个夜晚，天色晴朗，山上那棵松树竖立着，6 艘满载货物和客商的运输船队准备启航。欧锋要去小梅沙税站联系工作，随这批运输船队出发。

他选择乘坐第二艘船，心想，如果前面发生意外，也有应付的时间。

这天刮西南风，满满的风，鼓鼓的帆，船速特快。欧锋坐在尾舱叫巫生的舵公旁边，和这位红石门船工聊聊天气。这是南方最好的天气，沐浴海风的感觉格外清爽，如果不是腰间插着一枚手榴弹，别着一把左轮手枪，谁会联想到血雨腥风，联想到战争？刚满 19 岁的年轻欧锋，在一片安宁之中，梦着想着，深深感叹：和平真好！

梦着想着，不觉船已驶至横门海，前面就到鸡公头了。

欧锋很熟悉这个形似鸡公脑袋而得名的石头小岛，有名的梅沙浪开始拍打船舷，越来越大，船不时颠簸不时摇晃，这都是习以为常的事情。船上的人没有慌张，也没有人留意海面上静伏的黑影。

日军知道了松树的秘密，炮艇沿着山边航行，偷偷掩蔽抛锚在山脚沿岸，山上监视哨发现不了，松树竖立着。

黑暗中，日军悄悄放出的 2 条小舢板，载着七八个日军在红石门到梅沙的航道上等候着呢！

少年欧锋爱上山打猎，自然与枪结缘，于是玩枪玩到了如指掌，玩到了枪不仅仅是枪的境界。这生命中不可或缺的挚爱，从欧锋握枪的姿势可见一斑……（罗欧锋 摄）

欧锋沉浸在和平之中。

船摇着晃着，人也摇着晃着，一点危险的感觉都没有。

突然，窜出一只小船，船上三四只手电筒一齐亮出刺眼的强光，几根光柱子劈头打来，日军！惊得舵公一松舵，船身便横摆着，这下子，日军的船顺势贴上来了。

船上可是密密麻麻的老百姓，紧急关头，也许就万分之一秒的时间，欧锋本能地拔出那枚英式手榴弹，猛力一投，手榴弹竟然没爆炸。

日军哗啦啦，几个摇晃的黑影一脚踏上，登船了，当俘虏吧！这一瞬间，欧锋举起英式左轮手枪，啪啪啪！朝着登船的黑影连开3枪，3个日军应声落水。

日军急忙还击，朝着开枪方向打来，子弹没击中欧锋，却穿过舵公的脚，艄公受伤了。

这生死一线，前后几十秒间，船上人的心都跳到咽喉了，胆小的闭了眼睛，信佛的低声叫“菩萨保佑”，更多的人脑子一片空白，什么都想不到，就知道日本军要杀头了。

欧锋没慌，他又举枪“啪啪”点射2发，又打中2个，日军摇晃着掉进大海。五发五中，欧锋往日在南涌老家打猎练就出来的枪法，用上了。

日军一下蒙了，船上到底有多少武装？朦朦胧胧的满满一船人，别都是游击队？！

没中枪的日军大惊，慌忙中，一个扑通，又一个扑通，全跳水逃命了。

欧锋不恋战，舵公看起来伤得不轻，可被欧锋的镇定压住了惊慌，他忍着痛紧握着舵，欧锋也帮忙稳舵。风，不变的风，鼓满了帆，船全速破浪驶往小梅沙海域。

梅沙大浪翻滚得惊心动魄，满船的人冷汗淋漓，然而脱险了。

躲在岸边的日军炮艇听到枪声，突突突，开动马达，赶来增援，然

欧锋，这位港九大队海上中队的队长，那不掩饰的笑，那裹身的薯莨布衣，那上衣口袋别着的钢笔，那挺拔的胸膛，那叉在腰间的双手，这帅气这英雄气概，难怪朱家蕴贞小姐（欧坚）着迷，相约了共姓“欧”，一起投奔抗日游击队。（罗欧锋 摄）

而 6 条运输船已经远离现场，进入了游击队控制的梅沙海域了。

上岸了，欢叫的人们把欧锋当成救命英雄。

的确，这是英雄！欧锋，一支左轮 5 颗子弹，救了一船百姓，何止一船，整整 6 艘船的客商。情绪热得简直可以点火，在叫在嚷，救命之恩！没游击队护航打日本仔，我们 200 多人等着杀头了。

这次日军伤亡 5 人，没被打死的，游水逃回吉澳。

日军的炮艇，从此不轻易出动了。

欧锋和 5 颗子弹的故事也不胫而走，以一传十，十传百的速度和范围不断传递。当然传到了港九大队领导的耳朵里，沉着坚定勇敢，还有临危不乱，这可是战斗第一线的指挥人才。

正是这小小的一战，埋下了欧锋和海队结缘的伏笔。

1943 年 6 月海上中队成立，需要勇敢果断的第一线干部。欧锋奉命调入，任第一小队队长，他还有 4 个月才满 20 岁。

海　队

港九大队海上中队，得从 1941 年底开始的大营救说起，廖承志接到中共中央和周恩来的指示，用一切方法抢救滞留港九的文化名人和民主人士等爱国人士。东江游击队立即布置，兵分海陆两路，其中海路由蔡国梁负责组织，他从陆上游击队抽调了有一定航海经验的人员，组成 19 人的海上小队。配英式磨盘机 1 挺，长短枪 10 多支，借当地渔民的“槽仔”（小木船）2 条，后又增加 1 条“索罟”（拉网船）。最初的活动范围在新界地区企岭下一带，后在北谭涌一带。

小队的任务是接送文化人和民主人士，接运枪支弹药，护商护侨。

香港等地文化人和民主人士的船只由黄冠芳短枪队接到九龙坑口，再由江水短枪队护送至九龙西贡，交海上小队，从企岭下（后深涌）上船护送至大鹏湾沿岸（大小梅沙、上洞、沙鱼涌）登陆，交当地游击队转送后方。

香港沦陷，日本派来的总督矶谷廉介计划把港九设为日军南太平洋战争的中转站和补给站，日军从华南掠夺的大批物资从此运回日本，而从日本运送的军用物资也经港九周转。

广九铁路运输线被抗日游击队切断后，日军开辟了两条海上运输线。一从香港到汕头到台湾，一从香港到菲律宾。

广东人民抗日游击队要封锁日军运输线，相应在大鹏半岛东西两侧组织了两支海上游击队，东为护航大队，活动在大亚湾至汕尾港一带；

罗欧锋的摄影作品中，有许多这样的战斗空隙。只是这张格外“空隙”，不是抗日宣传不是抗日演出，该是真正的战斗之间的休息。战士们一个贴紧一个，有的连枪也没有放下，这就是真正的空隙。（罗欧锋 摄）

西为港九大队的海上队，也就是大营救时期护送文化名人和民主人士的海上小队。

1942 年 3 月，大营救的高峰期过去了，港九大队决定扩充海上小队，并选定龙船湾为活动基地，代号顺风队。陈志贤任队长，王锦任副队长。

龙船湾又称粮船湾，在九龙岛东南部，港湾水位深，岛屿众多，岸上天后古庙的背后就是连绵起伏的大山，群山连接着港九大队活动中心北谭涌一带。

军事训练，欧锋的镜头对准了篮球架下隐蔽的战士，训练什么？利用篮球架的地形保护自己。不懂得保护自己，哪怕有好枪好子弹也等于没有。（罗欧锋 摄）

至 1943 年初，海上队的活动已经从龙船湾扩展至大鹏湾，建立了新的大鹏湾的羊槽湾活动基地，活动范围也扩展至大鹏湾和九龙西贡区至三门沿海及附属海域地带。

1943 年 6 月发展为海上中队，代号“大华队”，欧锋从此和大海结缘。

海上中队以陈志贤为中队长，林伍（吴展）为指导员，下设两个小队，第一小队长欧锋，第二小队长王锦。

此时，海上队的基地设在南澳。

南澳圩内大小商店，以及茶楼、客栈杂货店数十间，还有渔栏及造船厂，来圩期赶集的人数上千，十分热闹。战前就是货物进出的港湾，还有海关楼房，战争年代被日军炸毁了大半边，屋顶也坍塌了。海关楼房就成了海队的基地，坍塌的房屋修建搭盖成营房，清理周围的残砖败瓦，开荒种菜，海队有了自己的菜园。

港九大队大队长蔡国梁为提高指战员的整体素质，亲率陆上中队（中华队）和海上中队（大华队）集中到南澳枫木朗村整训。

港九大队海上中队，坚持海上游击战两年多。

海队，顾名思义就是海上作战的队伍。海上和陆地差别很大，如何适应船上生活？尤其是游击队的小木船，遇到风浪左右摇晃，上下颠簸，晕船目眩呕吐特别厉害。

训练场上的欧锋，握枪、扎马，眼观八方，稳稳当当——这就是欧锋对部属的要求。（罗欧锋 摄）

说这是欧锋的军事训练的示范，怎么看也不像军事训练，想象他面对一群战士，自己调好了自动拍摄，握枪的姿势很严肃。战士们正在对面大笑，他不禁咧开了嘴，快门“咔嚓”响了。

（罗欧锋 摄）

“卧倒”“匍匐前进”欧锋分解了军事训练的每一个动作，并且用镜头固定下来。（罗欧锋 摄）

这难不倒海队，更有不少渔民，一听海上练兵打日军，主动献策，传授航海经验，预防晕船。

海队的训练计划分两步。

第一步，陆地基础训练。沙滩上搭建起秋千架，单杠，沙池。海队队员每天都要进行荡秋千，原地转圈，跳高跳远等各种训练。

第二步，海上适应性训练。木船开出大鹏湾外海生活，经历了无数的日夜飘荡，不晕船不惧烈日晒暴雨淋，才算过关。

所有的海队队员不但要学会摇橹、掌舵、投放鱼炮和观察气象，还要熟知本地海域，指导员林伍根据当地渔民的广东咸水歌改编，把沿岸港湾地名和环境编入渔歌。

几十年后，欧锋，当年的海队队员仍然一字不漏地唱出这首渔歌，可想而知这样的训练有多成功：

黑岩岩，黑岩岩，黑岩行过有个大浪湾。

大浪湾呀风仔猛，行过有个鹅公湾。

大鹅公，细鹅公，日头一出打东风，拈起锚来扯起帆，一帆驶到独牛公。

大独牛，细独牛，颈渴摇埋（广东方言，靠近之意）牛食水，肚饿又有饭盏（蒸饭工具）洲。

大白纳，细白纳，

有风使舵里打叶呀……

每一个海队新队员都得会唱这首渔歌，更得学会射击和投弹以及过船，欧锋领着大伙一起练。

射击。

最难把握的就是瞄准，在拉网船上竖起的瞄准靶，练习的战士一眯上眼睛，就被蓝色的海、白色的浪弄花眼了。尤其在小木船上，海上起伏不定，连枪都拿不稳，目标更是飘浮游离，怎么瞄准？他们先从陆地开始瞄准训练，瞄准画有海水和浪花的图，然后在海上瞄准装上石灰的汽油桶，子弹打中会弹出白色的石灰。大家就在木船上进行练习，距离100米，距离200米，实弹试射，掌握木船在风浪中的摇摆规律，很快提高了命中率。

投弹。

海上投弹要投得准也要投得远，他们因地制宜，在沙滩上挖了几个"投弹坑"，专门练习投弹。捕鱼归来的渔民看见了，说鱼炮威力比手榴弹大多了，游击队的手榴弹不多，不如用鱼炮。他们觉得这个主意很好，就用石头和砖块进行丢鱼炮练习。

丢鱼炮的训练看起来很简单。

鱼炮，其实就是集束炸药包。的确，这样的炸药包比手榴弹的威力大多了，在船上或船边一炸就是个窟窿，足以让船进水下沉。

威力很大，危险也很大，这就要反复演练，才能准确计算点火索的燃烧时间，在即将爆炸的刹那间扔到船上最要害的部分。

这更需要镇静和勇敢。

过船。

从这条船跳过另一条船，他们天天练习跳高跳远，也在海队的两条小木船上练习"过"船技术。

交锋

欧锋他们天天练海战本领，两个月后，有了第一次实战的机会。

1943 年 8 月，南澳有个渔民划着小舢板，急匆匆来报告，鹅公湾外海有日军铁拖往香港方向驶去。

打不打？

中队马上开会，这是很好的实战机会，由曾经打过海战的王锦率第二小队分乘两艘“战船”，扬帆出海拦截运输船。

日军运输船根本没想到会出现游击队的船，毫不在意，慢悠悠地航行。

打蛇先打头，王锦小队长一声命令，两船一起向铁拖后侧开火。

铁拖上的日军非常惊讶，立即加大马力往前冲。海上队利用吹向日军运输船的东南上风，迅速冲到铁拖旁边。曾佛新一跃而上，想跳上铁拖，铁拖实在太高，砰，他一下子掉到海队木船上。陈传跟着再跳，也上不了铁拖。大家正要再跳，海风说变就变，忽然风向一转，木船无法紧靠铁拖，铁拖开足马力猛冲，木船和铁拖的距离越拉越远，眼睁睁看着铁拖拉着大木船往香港方向远去……

没有收获胜利的战士们，回来了，说不出的懊丧。

下午和晚上都在总结，教训是什么？

“过船”，千钧一发的时机，跳不过就没有了。

这和岸上的跳高不一样，船跟着风浪一起一落，一定要掌握好时机，而且海队的木船小且矮，日军的船又高又大。

行军多天了，战士们累了，背着枪坐在一起，谁也不曾想到他们的队长却没有休整。是的，欧锋拿起他的“莱卡”按下了快门。（罗欧锋 摄）

怎么办？这就是后来，海队在沙滩上多挖了几个沙池，天天苦练过船本领的来由。

过船成了他们的重点训练。

从小船飞身跳上大船的训练有多难？《港九独立大队史》有文字记载，练习跳船，扭伤、碰伤、脚肿脚烂，趾头撞裂和膝盖挂花，乃至跌进海中，都是家常便饭。

他们的军事分析会继续——

战士们，你一句我一句：人家日本仔的海上武装特点就是机械化，炮艇、铁拖、大木船，全都安装发动机，航行速度快，前进后退操作自如。我们比不上！

欧锋皱着眉头：没错，我们海队，3条木船全靠风向和风力，有风使风，无风使力，全靠人的力气，速度当然比日本仔的军船慢。

队长也皱眉头，难道就没有办法战胜海上日军？

欧锋突然皱起眉头，像是和谁生气：难道我们海队就没有优势？

海上中队的优势是什么呢？

这一下子点到脉上，大伙说开了：日军的船体大，笨重，转弯掉头缓慢。海队木帆船体积小，轻便，转弯掉头轻便。

大家都开始琢磨，如何以小船优势战胜大船劣势？

这还用说，欧锋腾地站起：木帆船只有“争上风”！一定要抢到日本船的上头风向，争得上风就争得了主动权，争得一半胜利！

没错，对！大伙和欧锋都想到一起了。

海队木船一定要明确分工，各船排号，分指挥船、火力船、突击冲锋船，既分工又配合，实战时根据突发情况以各船优势组织作战形式，以充分发挥威力。

第一次实战的经验令海队走向成熟，各种军事训练的强度和要求更高，海队不仅开展例行巡逻和训练，连 3 艘木船也进行了必要的改装。

这令他们无比自豪和爱护的“战船”，船头船舷都装上松木短桩和棉絮包裹，既是甲胄也是枪托。船头配一挺机枪，是机枪手的位置。船舷穿插了长短枪手的数个位置。船中和船后侧的船棚装上铁板，指挥所设在后侧船棚。

这样的船和日军炮艇比起来，差了很大一截。欧锋清楚。

3 艘战船各有 13 名队员，海上中队渐渐发展到 70 多人。

胜 仗

1943年10月的这天，欧锋例行带领两艘“战船”，从羊槽湾启程出海巡逻，船进入果洲外海，发现一艘悬挂日本国旗的电动船，拖着一条潮汕式的大眼鸡木船，从汕头方向迎风顶浪开往香港。

一号船上的欧锋拿起望远镜细细观察，肯定是日军运输船，船上火力不会很强，押运士兵不超过一个班。运输船吃水深拖载量大，且海上吹西南风，逆风而行，航速更慢。欧锋心痒，打！胜算把握大。

打！他当机立断拦截日船，自己率一号船紧随运输船尾部牵制和掩护，命二号船班长挂满帆，高速从左侧拦腰冲向运输船。

二号船到达与运输船相距600米处，班长陈传命战士用旗语通知日船停航，日船并不理会，反而加速向东南方向急行。处于顺风处的一号船立即斜插过去，二号船则迅速绕到日船左侧，一阵阵猛烈的机枪火苗射向日军运输船。

日军运输船开足马力，只是太沉太重，眼见二号船的距离不到100米了！

海队两船一前一后顺风急进，边行边攻击，两船上的机枪、步枪一齐开火，两面夹攻运输船。这艘日本运输船上的火力的确如欧锋判断，难于应付两面火力，海队基本压制了日船的火力还击。

风猛鼓劲，海队小木船满帆破浪而行，那气势如箭穿剑击，向前，向前！距离渐近。

突然，船上的日本军官挥舞着指挥刀发疯般大喊大叫。

欧锋愣了，说什么？

日船甲板上跑出几个日本兵，急慌慌地举刀乱砍船上那根拖带木船的绳索。噢，抛弃大眼鸡木船，绳索一断，运输船就开足马力逃往香港。

靠风使舵的海队木船一下子处于下风，距离拉开了。

欧锋命令撤回。二号船上的几名战士立即跳上大眼鸡木船，将其拖回了羊槽湾。

这阵子，渔民百姓比战士们更高兴，划着小舢板靠近大眼鸡木船，爬上船看缴获的胜利品，第一次啊！真的很振奋。

船上有高丽参 400 多斤，白报纸 30 多吨，陶瓷器皿一大堆，全部上缴港九大队军需处。船上有 80 多名被日军从潮汕抓来的老百姓，本以为被日军抓到香港死路一条，突降“天兵天将”打跑了日军，还以为做梦，直到海上队安排他们食宿发放路费回潮汕家乡，才相信是真的。“扑通”跪落地上使劲磕头，感谢搭救还乡，泪水夺眶而出，不少说回家乡要帮游击队打日军。

这是海上中队成立 4 个月后，欧锋指挥的第一次战斗，也是海队开创以来的第一次胜仗。

当初大胆选用欧锋的港九大队领导，绝对有眼光。

海队的战士们笑得合不拢嘴，平日的体能基础训练，以及射击、投鱼炮、过船，这一切都在实战的考核中过关了。这时候的他们，在指导员的指挥下唱起了游击队之歌“我们都是神枪手，每一个子弹消灭一个敌人……”

而欧锋本人，他也笑，没有很多的话，看着远远的大海，似乎在琢磨什么。

……

这是队伍，也是罗欧锋最高兴的时候。平地上摆着碗，还有木桶，木桶里装着什么好吃的？不用猜，绝对不是米酒，应该是惠东宝地区老百姓慰问游击队最最常见的番薯糖水。

（罗欧锋 摄）

1944年夏天，欧锋已经担任中队长，这天又带领3艘战船出海例行巡逻。

欧锋从来都站在船头，拿着望远镜远远地看，不放过海面上任何一个黑点，希望出现那些挂着日本旗的船……

大鹏湾外海出现了几条满载的虾艚船（拖虾船），船上并没有明显的日船标志。每船都挂两张帆，吃水很深，显然载重量很大，船排成一队向香港方向行驶。

经验告诉欧锋这是汉奸走私船，是否有武装护送？不知虚实。

欧锋分析如果当头打第一艘船，可能会陷入被动，应该从尾船开始，进行试探性攻击。

一致决定，按照欧锋方案，打！

欧锋指挥二号船掩护，一号船突击，3艘船一起靠近可疑船，并打出停航检查的旗号，试探是否为走私船。

船不停，走私船无疑，按原计划下令向尾船开火。这一试探性开火，发现尾船还击火力很弱，而且前面的船拼命往前开，并没有增援尾船。

虚实探明，好！欧锋命令突击船冲向尾船。

船一靠近，几个战士如风如电，一个接一个眨眼飞跃过船，大叫着缴枪不杀，尾船的武装人员全都举起了手。

欧锋马上盘问，原来是从平海大洲过来的走私生盐物资的日船。

欧锋命令继续攻打，那两艘船想跑，跑不动，又大又笨又重，一点优势也没有。欧锋的船轻快得很，调头转向灵活得像水里的鱼，紧紧咬住那笨家伙不放，逐个靠近，逐个飞身过船，那些个海上战士简直像长了翅膀的老虎，平日的过硬本领，这下有了结果，连攻连打和连连过船，3艘走私盐船全部截获。

……

这条小木船不是普通的木船，海队的战事都与小木船相关，这是欧锋和海上中队的“生命”。如果没有这小小的木船，海队还是海队吗？（罗欧锋 摄）

此次战斗不久，再次发现走私盐船，以同样方法缴获生盐以及虾艚船，两次共缴获虾艚船 9 艘，生盐几百吨。

已经没有人怀疑 3 艘小木船的战斗力了，小木船打出了英雄虎胆。

谜　底

1944 年夏天，日军想控制大鹏湾的东南西北，兵力有限，游击队像特别能钻缝的鲶鱼，只要有一点空隙就有游击队。

在日军眼里，这西贡海大鹏湾成了被游击队啃得没了形状的残缺大饼，他们不喜欢这种令人伤透脑筋的奇异局面。

日军巡逻艇唯有每天游弋在龙船湾、塔门、吉澳、南澳、沙鱼涌、盐田、坪洲一带海面，搜索可疑船只。

当年的海上中队似乎很神，别说没有监测船只的雷达，连一部联系电话都没有，更不要说现代化的通信设备和工具了。为什么日军舰艇出动的消息，日军巡逻艇的动态，运输船的停泊位置，海上中队知道得很清楚？除非他们有神话中的“顺风耳”“千里眼”，但这是绝对不可能的。

这个谜的谜底竟然如此简单。

谜底就在出海打鱼的船上，那挂帆的桅杆，桅杆上面悬挂的“暗号”，一个鱼篓或一个麻袋，一个足以让远远的海面上，别的渔船能看清楚的物件。

真叫绝了，这样的“流动雷达”，日军想不到，想到了也防不了。

日军的巡逻艇、炮艇不是潜艇，也不能隐形，只要从大埔出发驶往塔门，只要第一个看见的渔船挂上一个鱼篮或麻袋，大埔和塔门之间的渔船桅杆就接力挂上了。这渔民们和游击队心知肚明的暗号，一船接一船，消息传出去了。如日船不是去塔门而是往大鹏湾，塔门海外的船只桅杆也高悬起这样的“暗号”，日军出动的消息很快传到坪洲、南澳、沙鱼涌。

不少海战多为渔民报信，这就是海上中队的“顺风耳”“千里眼”。

桅杆上挂个篮子挂条麻袋或什么，实在太简单，也真是举手之劳，但要认真想，如果没有人牵头，没有人组织，绝对不会这等简单。

谁牵头？谁组织？

《回顾港九大队》中的文章《沿海游击队要依靠渔民群众》这样记载，从 1943 年 6 月，海上中队（大华队）成立之时，大鹏湾的渔民工作就为海上中队直接领导，设立渔民工作组，海上中队的指导员林伍兼任组长。西贡区，除西贡外，还有龙船湾、滘西、官门、大浪等渔港都由肖春负责；大鹏湾渔港，包含塔门、较流湾、吉澳、坪洲、盐田、沙鱼涌、南澳等渔港都由谭文汉负责。

早在 1942 年春，港九大队刚成立，大队长蔡国梁就让肖春到海上和渔民交朋友。他戴渔民竹帽，穿薯莨衫，和渔民出海打鱼，风浪中站得很挺，利利索索撒网拉网，很快和龙船湾老渔民石喜和交上朋友。石喜和很爽利，一块喝酒，吃喷香的龙虾，无话不说，可说到日本人，说到海贼，说到米，只有唉声叹气，苦啊！难啊！

先说海匪，肖春向蔡国梁大队长、陈达明政委汇报，几天后，刘黑仔、江水、肖华奎几只短枪队，把这些海贼一个一个端掉了。渔民高兴啊！

再说米，日本人那点点配给米，一天 16 两老称的 6 两 4 钱，握在手中就一拳头多，不够天天出大力气的渔民塞牙缝。游击队带渔民的船去游击区坪山、龙岗、淡水买米，运回游击队开设的商店，部队和渔民都有米了。

老渔民石喜和成了海队的第一个朋友，接着马逢生、马永德、郑新志、钟福喜、钟福旺、张保仔……这些各港口特别能干，有威望的渔民也成了肖春的朋友，他们牵头在天后庙开了渔民大会，一个湾一个乡都有了渔民互助合作社，和鱼栏主争取公平交易，一切都为渔民谋利益。

谭文汉的朋友也不少，沙鱼涌的何德，南澳的郭贵、周火容、李王胜，坪洲的詹桂生，塔门的杜进来，较流湾的石耀根，吉奥石称发。

就是这些渔民朋友成了牵头的人。

为什么舍身送情报？渔民心里明白，海上中队是兄弟，为兄弟就是为自己。

有了渔民的牵头人，有了渔民的互助合作社，在桅杆上挂上一个鱼篓，就很简单了。

这就是海上中队实实在在的雷达，什么“顺风耳”“千里眼”，绝对不是神话。

伏　击

1944 年 4 月 5 日（也有说是 5 月 2 日），日军机动帆船从三门岛出发了，渔船桅杆上悬挂了鱼篓，这片海上的渔船也逐个悬挂了这样的暗号，海上中队从暗号得知情报。

欧锋命令立即出动海队战船，驶入上风接近日军船只，进入坪洲头与独牛海面，分别伏击。

日军不是傻子，打交道多了，他们也认出了海队的战船。他们立即停火伪装成一般渔船，悄悄接近，直到距离 100 多米时，才突然启动马达，并向海队战船猛烈开炮。

海队两船并列开火，集中船上的平射机、重机枪、红毛十连连射击，两船夹攻。

海队小船灵活，转舵拐弯，泥鳅般灵动得很，日军电船的几十发炮弹像打空气那样，无一命中。直到日船的炮突然“哑巴”了，出故障还是让小木船上的机枪打歪了炮手？

日军大船很笨重，行驶在海队两船夹攻中，它追赶左边的海队船，右边的海队船猛烈开火，它回头追赶右边的海队船，左边的海队船猛烈开火，结果，这条笨船团团乱转。

此时，日军突然发现四面八方的渔船都往它的方向驶来，慌了，以为都是游击队武装船，怕被包歼，还呼叫日军飞机赶到坪洲海面低空盘旋，并向海队船只开火，掩护日船撤回三门岛。

……这样的失败很丢脸。

海上中队竟用几条小木船封锁日军运输航道，想想，小风帆木船攻击比其大几倍，甚至十几倍的铁板电动装备优良的巡逻艇、运输船，先不说胜负，这样的较量，这等的蔑视，且还赢了！变得像神话！日军能坐得住吗？在日军眼里，海上中队不就几条破木船？即使赢了也是小小的偶然和碰巧。

日军终于想出“以华制华”的妙计，1944 年 6 月，日军在沙头角海域组成 “海上挺进队”，日本军曹任队长，80 伪军，6 条木船，远比海上中队强多了。日军以为让熟识情况的伪军在沙头角黄竹角一带海面日夜驻守和巡逻，对封锁来个反封锁，足以保护日军运输线，截断游击队和老百姓的运输航道。

让结果说话吧。

伪军海上挺进队分两组活动，在黄竹角航道两边分头巡逻和停泊，3 艘停泊在沙头角对面海岛边的伪军船只，每天都检查、抢劫来往船只，渔民的正常作业和商旅运输受到极大威胁。

渔民找到海上中队，请求“打！”

“打！”正在南澳海队基地的港九大队新任政委黄高阳命令。

1944 年 8 月 15 日，海上中队召开军事会议，决定由王锦率 2 艘“战船”实行夜间长途奔袭，出其不意，攻其不备。

当日下午海队出发，8 月 16 日凌晨 2 点到达红石门海面，船头负责瞭望的李泰报告，黄竹角有手电筒光亮。

王锦命令进入战斗状态，船加速前进。不久就看清并排停泊的 3 艘伪军船只，这里离日军重兵驻守的沙头角只有几海里，梦乡中的伪军以为绝对安全。

王锦率一号船插入其右翼，班长陈传率二号船插入其左翼，形成夹攻态势，距离越来越近，伪军哨兵突然发现海队船只就在约 50 米处，边喝问边开枪。

这瞬间，海队两船上的火力齐发，一道道火光交织的大网，一下子罩在伪军的船只上。

此时，海上风力变弱，一号船前进速度减慢，伪军已从混乱中清醒，迅速组织火力还击。一号船上的吴满友和船工来伯等立即挺身摇橹划桨，逼近伪军船只，扭转劣势。而二号船距伪军船只仅有 20 多米，曾佛麟、吴桂来一连投出 2 束鱼炮，巨响中，伪军船只燃烧并下沉。此时的一号船上的石观福，也向右边的船投出鱼炮，爆炸了，伪军们全躲在船舱等待缴械。

剩下中间的船马上扬帆，海队船头上的重机枪手李太、邱球一看，马上操起长竹竿，猛力一钩搭在伪军正在起帆的帆绳上。邱球用力一拉，顺着船篙一荡就跃到了伪军船上，边跃边大叫“缴枪不杀”。石观福等几个战士也跟着飞过船，一片“缴枪不杀”，一个个举手投降。

战斗结束，清点俘虏不见日本军曹。原来，鱼炮一炸，他就带了几个兵跳海逃跑了。

东方露出了一抹晨光，海队返航。此时，黄竹角对面传来枪声，原来另外 3 艘伪军船只一直不敢增援，如今一看只有 2 艘海队“战船”，就放几枪算是交差，海队也不恋战，还击几枪，礼尚往来了。

凌晨的激烈枪声惊动了沙头角的日军炮艇，正如海队分析，黑夜里日军不明情况不敢贸然出战支援。

直到海队战船返回南澳基地，沙头角的日军炮艇才气势汹汹赶到南澳海面。

此时，海队上岸成了陆战队，早就分开据守岸边高低山头，摆开重机枪、轻机枪阵，准备好了，来吧。

缴获的武器，有机枪还有小钢炮，立马有趴下瞄准的冲动。欧锋太理解了，做梦都想有一杆好枪。什么叫“没有枪没有炮，敌人给我们造”？就是这种喜悦倾泻而来，淋漓尽致地醉了去。（罗欧锋 摄）

日军不敢入港更别说上岸，仅在远远的海面摆开架势，游弋一会就掉头返航了。

搏　命

所有海战中，欧锋最刻骨铭心的是三门海战，海队失去一位勇敢的战士——曾佛新。

1944年11月30日，中队长欧锋、黄康和王锦率3艘战船在平洲一带海面巡逻，渔民报告黑岩角停泊了日军大型电扒（机动运输船）一艘。

他们驶向黑岩角，目测到船头鼓起个可住10多人的包蓬，篷底是货仓，估计是货船。虽然电扒开起来比木船快，但是海队战船灵活，且此船已经抛锚，启动需要时间。只要战船从不同角度包围货船，成功概率大，打！

欧锋率配备重机枪的一号船插向日军电扒前方，二号船和三号船插到电扒后侧，形成三角形包围圈。王锦率二号船（配备轻机枪）突击，黄康率三号船（配备重机枪）掩护。二号船突入电扒尾部左侧，三号船从右侧接近电扒，二号船靠近电扒时被日军发现，王锦立即率队攻击，舵手投出的第一枚鱼炮炸响了。可是日军的电扒又高又大，比海队船高出一倍，无法跳船！班长曾佛新突然发现船边缆索，一跃而上，攀住缆索爬上船栏杆，正要翻身跃船，日军机枪一轮扫射，他中弹落下，牺牲了。

曾佛麟眼见兄长倒下，第二个冲上去，借助甲板掩护，一轮冲锋枪扫射，也无法压住日军强大火力，他也受伤了。此时突击队员一个接一个攀爬上船，黄欢生抱起机枪猛扫，二号船的其他突击战士也即时组织“排头”火力射击，罗耀辉数1、2、3，数到3，大家一起开火，集中的火力特别猛烈。机枪和“排头”火力结合压制日军机枪，王锦率突击队员爬上船，冲向驾驶台和船舱。

突击队基本控制大局，日军在船尾竖起几件白衬衣摇来摆去，似乎投降，当陈传的脚刚刚探到梯口，一阵枪声，击中陈传脚部。日军诈降！突击队员立即向船舱扔进几个鱼炮，轰隆巨响，接着向日军喊话投降，无声无息。战士们很警觉，故意扔进一团烂布，果然，一阵枪声炸响。于是，突击队员接连丢进几个手榴弹，连串爆炸后，突击队员冲进船舱，活捉了 7 个日本兵和几个伪职人员。

海队押着日军运输船返回南澳。船上满载的高级烟叶，全数上缴港九大队军需处。

这一仗，曾佛新——海队的勇敢战士牺牲了，这是欧锋最喜欢的战士。

这位香港牛头角鸡寮村（现在的官塘区）人，1942 年 9 月和弟弟曾佛麟一起加入港九大队。1943 年春，组建海上中队时，因兄弟俩水性好，被挑选入队。

苦练海上作战技能的几个月中，他投弹远达 60 米以上，跳高跳远过船更是突出，最优秀的是他勇敢，不管是陆战还是海战，总是一马当先。1944 年夏天攻打葵涌，担任爆破的队员突然有点怕，他立即请求接任爆破手，从拿起炸药包到点火至投掷，连眉头也没皱，目标被炸毁了。

欧锋心疼，他与这位海队勇士亲如兄弟，都把自己的生命和“战船”连成一体，海上作战比陆上作战更有“绝地”之感。陆地或许还能够撤出，海上作战，除了一眼看穿的木船就是一望无垠的海，你死我活就在脚下这一木舟！

为什么特别勇敢？“绝地”求生的本能，与船共存，船在人在。曾佛新最爱说“揸人摊”，什么意思？搏命，只有和日军搏，才会搏出生机！这也是欧锋最爱说的话！

欧锋最最哀伤的是和朝夕相处的战友永别，开一场追悼会，悲痛或许真的可以化成力量，那牺牲的战友永远藏在心间。（罗欧锋 摄）

抗日烈士曾班長佛

海上中队的班长曾佛新不但熟悉水性，还特别勇敢和顽强，为欧锋所喜。在1944年11月30日追击日军运输船的战斗中，曾佛新捐躯了。欧锋忍痛撰写“模范班长史迹”之碑文，纪念曾佛新。此碑立于南澳至水头沙的路旁。

（罗欧锋 摄）

曾佛新就葬在南澳至水头沙的路旁，并在墓上立碑纪念。

欧锋主持了曾佛新的追悼会，封棺的这刻，突然发现曾佛麟不见了，原来骨肉情深的弟弟实在控制不住，一个人跑到大海边放声大哭。当战友们把弟弟扶到棺木前，弟弟抱着兄长号啕不已，兄长的鼻孔竟然流出了血……

多少的不舍，不得不生死作别，从来都说流血不流泪的铁血男儿们放声哭了，兄弟！安息！我们会为兄弟报仇！

为了永远的和平，记忆战争。

欧锋亲自为兄弟写上铭记的碑文——

抗日烈士曾班长佛新之墓。模范班长事迹：烈士新界人，于民国三十三年十一月三十日于三门海面战斗英勇突击，壮烈殉国，是役缴获电扒一艘，生擒日兵七名，物质大批。民国三十三年十二月一日立。

1945 年 1 月，东江纵队指示，中队长欧锋率海上中队（大华队）上调东江纵队第二支队主力。留下部分武装连同新调入补充人员重组海上中队坚持海上游击战，代号“海鹰队”，王锦任中队长。

从 1943 年 6 月海上中队建队至 1945 年 8 月日本投降，海队截运日军海上运输船，打击日军海上力量的较大战斗有 17 次，共缴获日军铁拖、小炮艇、运输船各种船只 13 艘，击沉 4 艘，俘虏日军 28 名，伪军 38 名，毙伤日军 28 名，解放船员 120 多人，缴获机枪 3 挺，长短枪 42 支，炮 1 门，收发报机 1 部，高丽参数百斤，白报纸 30 多吨，吕宋烟叶 80 吨，生盐几百吨，其他军用物资和西药等约 1 万吨，所有物品上交东纵司令部。

在港九抗战岁月中，欧锋永远记得海上中队曾经与自己并肩作战英勇牺牲的战士：曾佛新、邱球、竹来、刘捷、徐带、石十五、杨园、梁金水、

1945年5月，欧锋接到东纵命令率队北上，从香港至惠阳的途中，或许预感即将胜利？好吧，让心爱的“莱卡”留下风尘仆仆的记忆，顺手叉腰，胸膛会更挺拔。（罗欧锋 摄）

何根等；永远记得艰苦岁月中缺吃少穿，患病去世的战友：黄康、蔡冰如、曾友、邓民友、高年欢等。

欧锋和他的海队，给这个世界留下了什么？

那些海战，那5颗子弹，那艘小木船，那无数渔船桅杆上的“暗号”。那木船拼出的英雄虎胆，彰显着一个忍耐坚强的民族，一种无畏无惧的精神，正因为这些，中国不亡！

在抗战烽火的年代，在**中华民族遭受危难之时**，挺身而出，不论男女，**不论老少**，这就是民族的脊梁。这顶天立地的**中华脊梁**中有一位**小小的女兵**，年纪小小，个子小小的女兵，交出了第一份**无愧于民族的答卷**。

第六章

来自圣玛丽书院的女兵

第六章 来自圣玛丽书院的女兵

离　家

欧坚，从她把自己的名字朱韫贞改为欧坚的那一刻开始，就伴随着疑问，这个出生于香港大户人家，有3个母亲18个兄弟姐妹的千金小姐；这个从小衣来伸手饭来张口，从来不知道什么叫吃苦的15岁女孩，她真的知道自己在干什么吗？

尽管，她在火车厢、咖啡馆听过抗日救国的道理：国家兴亡匹夫有责，抗日救亡人人有责！

她憧憬东江抗日游击队，相信是因为“抗日”二字。她看过图片展，看到那些被炸弹烧成焦黑的残骸，心会一阵阵紧缩一阵阵战栗，这就是她对民族危难最直接的认识。抗日！这些沉淀的愤怒是突然在某一天爆发，还是无声无息渐渐内酿出燃烧的力量？

她似乎没有深思，只是知道抗日不是一个人可以单枪匹马的行动，这是一个民族不分彼此的国家行为，必须参加一支队伍。这是火车上认识的中学生罗观容（参加游击队改名欧锋）说的。她朱韫贞特别认同。

可是，她知道扛起一个民族的分量吗？

欧坚的抗日口号成为行动，是被一位叫李秀灵的老师所激发。真成了广东人民抗日游击队总队的普通女兵，这时就明白游击队生活有多苦，并非火车厢里远离烽火战场的高谈阔论，不是改个姓名就可以经受的艰难和沉重，还有危险。

从1941年2月至抗日战争胜利，将近5年的时间。打开她的履历，

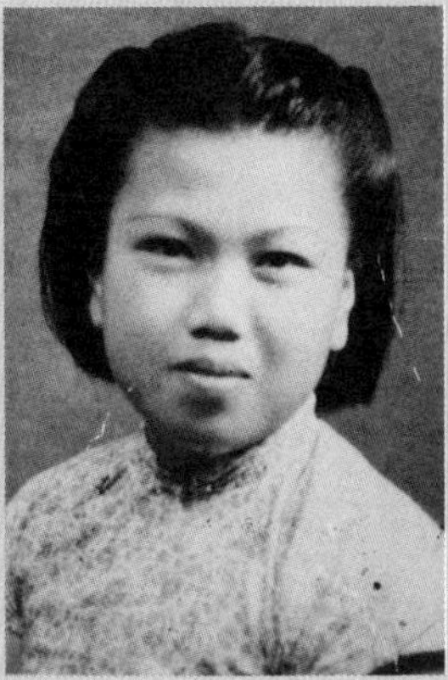

欧坚（朱韫贞）出生于1926年7月14日。1941年2月，就读于九龙圣玛丽女子英文书院的她带着书包去上学，转身校服裙换成工人装。她从大埔乘火车，再乘汽车转而坐船，然后翻山和越岭……对于15岁，从来没有走过山路的“千金小姐”，她喘得几乎透不过气来，身体好像吸满水的海绵又沉又胀，满头满脸的汗珠落下来，淹没了眼睛，她很想说自己不是泪水是汗水，却睁不开眼睛了……她硬是这样走进了抗日游击队。

（罗志威、罗志红 供图）

一点也不复杂，除了 1942 年春至 1943 年 3 月的一年，她奉命返回香港，潜伏在新界沙头角区役所搜集情报外，她的工作就是救护伤员，没有离开药箱、针筒、伤病员、连队或医院。

女兵，欧坚。

1941 年 2 月，欧坚参加游击队的时候，正是游击队被迫东移，刚返回惠阳东莞宝安地区的非常时期。据老战士回忆，这个时期游击队的医疗条件十分差，医护人员也极其少，大约只有张惠文、周昆、蔡冰如、江群好、王雅宜、李玉珍、易焕兰、莫福娣、莫银裳、莫就兴等数十人。她们大多数没有受过专业的医疗训练，工作也不仅仅救护伤病员，还得担负起宣传群众、建立民兵和妇女组织，甚至筹粮和送情报等多项任务。

直到 1942 年 1 月，香港广华医院的几位年轻的护士，冯慕贞、麦雅贞、江培茎、邝丽英、冯长风等携带一批医药和医疗器械参加了游击队。这批医务人员令游击队的医护水平提高了，宝安的岗头仔、沙梨园、白石龙，东莞的甕窑、大石板，惠阳的竹坑、大鹏半岛，香港的赤径等地，

欧坚和卫生院的同事似乎在谈论一件趣事，笑着比划着。谁会留意探望妻子欧坚的欧锋，拿着“莱卡”捕捉着镜头，欧坚似乎感到欧锋来了，侧身转头莞尔一笑……

（罗欧锋 摄）

扎俩小辫，束了腰带，还光着脚丫。香港的朱家小姐更名欧坚，成了东江抗日游击队的队员。是骡是马，骑上去再说，别说还真让这女孩骑上了。（罗欧锋 摄）

逐步设立了医务所或医院。

当时除了医务人员缺乏，药品也严重不足。背着的药箱，里面的药物少得可怜，通常只有几支止血针和止痛针，几个急救包和一点棉花敷料，一个注射器，少量的碘酒、酒精、红汞、奎锰氧和当时最常用的建连丸、APC，外加一个洗伤口用的口盅。

然而，就是这样简陋的条件，游击队的女兵救护了许多伤病员。欧坚也经历了自己游击队女兵的第一年。

女兵，大多担任随军卫生员，一个连队也就一两个。欧坚也没有例外，她成了广东人民抗日游击总队第五大队铁路中队的一名普通卫生员。在她的回忆中，没有叙述轰轰烈烈的壮举，只有设备简陋、医药奇缺、

这些不知姓名的卫生员和警卫员如何让欧锋碰上了？还排成行列当模特，惊诧的是袋子，左一搭右一搭，横七竖八地缠绑在他们的身上。最鼓鼓囊囊的该是米袋。警卫员腰间多了一横子弹袋，显眼的是枪。卫生员胸前小小的花格子手巾，偏是行军途中最亮眼的飘动。（罗欧锋 摄）

驻地分散、战斗频繁等简单且抽象的描述。

她的记忆中，她们是无畏的女兵，为伤员洗血衣、更衣、喂食、护理大小便。日军经常扫荡，一有情况就马上转移伤员，她们不但要背自己的包袱、药箱、水壶，还要背伤病员的枪支行李，以及搀扶伤病员。行军途中的那一点点休息，却是她们最忙碌的时候，给伤员们换药，送水送药……

欧坚，一个救死扶伤的卫生员，背着药箱跟着连队行军打仗。背起药箱就是战士，就是女兵。她连打针都不懂，那就从不懂学起，边干边学，不会扎针，先用罗卜学会插针，再互相练习；或者用自己的胳膊自己练习注射，练习包扎伤口。

生活艰苦，每人每月一个大洋，男的只够抽烟，女的只够买草纸（卫生纸）。

刚刚开始的新鲜感，都在天天的艰苦行军中消磨了。即使偶尔的休息，也是荒山野岭，山坟杂草，蛇虫鼠蚁……况且队伍中有许多不信任的眼光，是的，香港的大小姐，能挺得住吗？

目光里的潜台词，熬不住回香港，过几年再来。是的，有从香港来的回去了，过一段又来了。还有的离开了就永远没回来了。

这些不信任里面其实更多的是谅解。

关于这点，欧坚记忆很细微：我不会退缩。我们新界这批十多个热血青年参加了抗日游击队，我不过就是其中一个。大家能做到的，我为什么不行？一定行！

她想，想最难的过去，想李秀灵老师通知分散集结到沙头角吉澳岛等候的那刻，多么的难，内心多么的纠结。不告诉父母，不忍心，长这么大都没有什么隐瞒父母，怕父母阻拦怕父母追赶，于是狠下心不说，多难，可是自己做到了。

火车到粉岭，货车到沙头角，渡船抵达吉澳岛，然后是那样漆黑的夜，乘坐几条颠簸的小舢板划到了小梅沙，天还未亮就上岸，爬过梅沙岭来到惠阳田心村，这一连串没有停歇的艰难，自己不是都挺过来了吗？

这么一回想，欧坚变得更有勇气，最艰难的时刻过去了。

改　变

真的，渐渐过去了，半夜摸黑行军不再惊心动魄。她跟随队伍跋山越岭、涉水过河，背着背包、药箱、米袋，还尝试着替伤病员扛枪支、背米袋。有时候有战士太疲劳了，边走边打盹，脚步一乱就掉下山沟水坑，连身边的人也一起拽倒了。

又是一个夜行军，黑，她看不见任何东西，仅仅凭感觉，看着前面的一点点白，那是前面战士腰间的白毛巾，辨认着往前走，她的腰间也有这样的“白”让后头的战士辨认，想着什么？也许什么也没有想，就那样走，走着走着，迷迷糊糊，一声“扑通”，谁掉进水坑里了？不是谁，是欧坚自己走着走着，眼皮子也开始打架，睡了，绊倒在水坑里，一身水一身泥爬起来又走了，走着走着，湿漉漉的衣裳也干了。第二天，太阳出来了，才看到自己身上尽是泥花斑斑的衣服，看看别人，好几个这样的花衣裳。哈哈，掉进泥水里的同类，你看我我看你，笑了。

欧坚已经不知道自己跌了多少跤，没哭，甚至没有吭声就爬起来。家常便饭了，竟然可以像那些老战士一样，边走边睡了。

欧坚，抿嘴一笑。

这个小小的女兵，很倔，坚强不是别人的专利。民族危难当前有很多选择，她既然选择了挺身而出，就没有理由退。不是别人，是自己不让自己往后退半步，绝对不会与民族危难擦肩而过！

15岁的欧坚仍很天真，以为游击队只是另一所学校，带着香港的课本和笔记以及学习用具。她的第一课是行军，从随军卫生员做起，背着药箱、水壶、棉毯和包袱。夜行军，曾经在摸黑中一脚滑落水坑，满身泥水爬起来，没有多余的停歇，更没有哭泣求援的分秒，唯一的就是赶上队伍。都以为她扛不过一个月，半年过去了，她已经练得不会掉队，不怕脓和血，也不再惊慌失措了。（罗欧锋 摄）

她真的做到了，在别人的眼里只剩下惊叹，这是个女兵！

1941年7月14日，她成为女兵的第5个月，度过了自己15岁的生日。

懂事开始，她就盼望生日，盼望着母亲亲手煮的两个红鸡蛋，还有特地为自己买的奶油蛋糕。每年不变的生日，每年掰着手指头算啊等啊，真幸福。

15岁的这个日子，月亮慢慢爬起来了，她想家了吗？想了，想的刹那突然闭上眼睛，不到半秒，她就睡了，很沉地入睡了，没有梦。只有很累很累的时候，才有这样的一点儿准备都不需要的睡眠，说睡就睡，只剩下月亮依旧当头悬着。

女孩睡了，明天得早起。

连队的战士们都睡了，今天睡在野地，昨天睡在山上，明天或许睡在乡村的祠堂。

这位女兵，牵挂的不再是小小的一块蛋糕和两个红鸡蛋。她牵挂着战士们，他们的头痛发烧，他们的寒热冷暖。

一觉睡醒，早早起来的她，赶紧烧了一锅松针水。

这样艰难时期，游击队员感染了怪病，经常性和定期性的全身打摆子（发冷），高烧，手脚长满疥疮，痒和烂，一个传染一个。

众所周知的日本细菌战，日军波字第8604细菌部队。广州南石头村难民营的许多粤港难民吃过日军的粥饭，没几天就开始经常性全身发冷，烂脚，直到死去。据说这几千难民再也没出来，正是感染日军细菌武器伤寒菌和炭疽菌的典型症状。

游击队战士的病症与其非常相似，是否感染了日军投放的细菌？

卫生员欧坚没有特效药，煮一锅松针水，黑酱色，苦涩。每天每人一口盅，闭着眼喝下去。

这样的水，有作用吗？战士们有点疑惑。

欧坚点头，他们听话地喝这种水，因为也只有这种水。

这种奇怪的病，没有动摇这支队伍，包括这小小的女兵。

在抗战烽火的年代，在中华民族遭受危难之时，挺身而出，不论男女，不论老少，这就是民族的脊梁。这顶天立地的中华脊梁中，有一位小小的女兵，年纪小小，个子小小的女兵，交出了第一份无愧于民族的答卷。

隐　蔽

1941 年 12 月 8 日，日军侵入香港。

欧坚锥心的痛和想，自己的家，快一年没见自己的父母，他们还好吗？可是，一点音信也没有。

1942 年春，港九抗日大队成立了。她收到了欧锋的小纸条，他返回香港了。

这天有点突然，铁路中队的领导通知欧坚调动工作，她把药箱交给同队的莫福娣，就跟随交通员从宝安龙华赶到阳台山深坑。港九大队领导黄高扬通知她，返回香港准备开展秘密情报工作：你是新界人，比较熟悉情况，先回大埔墟家里，会有同志与你接头。

第二天拂晓，她到达指定的新界和宝安交界的大埔田村游击队交通站。

她回家了，家呢？怎么住上了日本人？家不再是自己的家了，大埔墟仁兴街 1 号的家，整栋宽敞舒适的楼房已被日军强行占住。邻居说，父母兄弟十几口人被迫搬回仁兴街 61 号的老房子了。

痛楚，对日军的恨一下子变得具体和贴近，她知道现在的自己不是自己，不能表达任何愤怒，隐蔽自己就是任务。

家人见面，父亲母亲都非常开心，欧坚变回了原来的女孩。她在家里等待着，尽管和家人的团聚，尤其母亲，那贴心的爱，无时无刻的关心令她安慰，真奇怪，在游击队的时候，想家。如今在家了，突然好像

大埔墟
TAIPO MARKET

大埔墟，18岁和15岁的少男与少女，罗观容和朱韫贞，从他们改名欧锋和欧坚的那一刻起，就把自己的命运系在中华民族的生死存亡之中。不过，他们会永远记着大埔，这是他们美丽爱情的起点。（罗欧锋 摄）

断掉线的风筝，整颗心空空荡荡，常常走神，灵魂出窍了，很想很想游击队的一切……不过，她每天如常生活，每天都到大埔墟走走，努力隐藏内心的焦灼，盼望着黄高扬说的组织来人。

直到这天，岑华（梁超）和欧坚在大埔墟接上了头。

欧坚的第一个任务有点轻松，了解周围情况和工作，并约定九龙联系的地点和方法……聪明心细的她观察着大埔墟日军的一切，然后向梁超汇报。

梁超很满意她的工作和表现。

1942 年 4 月，梁超通知她被吸收为中国共产党党员。

欧坚永远记得这个地点：九龙洗衣街 × 号二楼。这个地方，几十年后她仍然记得很清楚，谁会相信在日军的眼皮子底下，自己举行了庄严的入党宣誓仪式。

欧坚的组织关系转到新界地下党刘德谦处，后由陈亮负责。陈亮是鹿颈村人，曾当过教师，人缘好人脉广，善于应付日伪机关的上层人士，与沙头角区的汉奸区长温二相熟。

如何获取更重要的情报？组织指示她打进日军机关谋取职位。欧坚一直寻找机会。

1942 年 1 月，日军全面控制香港，在香港、九龙、新界各区设立宪兵部和区役所。大埔设立了新界地区事务所，管辖元朗、上水、粉岭、沙头角等区役所，其职员均由大埔事务所调配。

占据了他们朱家楼房的日军，有个台湾籍的军官请精通英语的欧坚姐姐担任事务所翻译。欧坚通过姐姐，1942 年 8 月，改名为“朱木兰”成功进入大埔新界地区事务所担任职员，分配到沙头角区役所。区役所就在沙头角镇内，鱼市场的隔壁，新楼街的尾端。

凭着父亲曾是香港英政府田土厅主管官员的头衔作掩护，她完成了打进日军机关的第一步。

情报员欧坚很快弄清机关内设庶务系、户口系、治安系和卫生系等部门，职员几十人。

她刚刚过了16岁生日，单枪匹马深入日军机关工作，需要多少勇气？不仅仅是勇气，就像她没有受过专业的医护训练一样，她同样没有受过专业的情报工作训练，这不像随军卫生员，多艰苦多困难，都有一群让人感到温暖的战友让你依偎。

每天，进入沙头角区役所，每天与日军见面，随时都有杀头的危险。

每天，进入这个日军沙头角区役所之前，都深深地呼吸，朱木兰！女兵！向前，向前！女兵！不能过多地考虑个人的安危。

进入区役所，进入战场，她安静地坐在自己的位置上，区役所的庶务系（秘书部门）负责文件收发、公文来往、传递文件及加盖印章等。

她是一个好职员，听任吩咐，抄写文件。

她每天都能获悉有关日军的动态，她不动声色地想，什么情报对游击队有用？

驻沙头角日本宪兵队的中岛伍长，除了待在宪兵部就到区役所巡视。不时和温二这个汉奸区长合谋围剿游击队，封锁海上运输线等，并把抓捕的老百姓或游击队员带到区役所审讯。他也就是抓捕罗雨中等抗日人士，用尽酷刑的那个中岛伍长。

这个中岛常常鬼魅一样出现在区役所的每个角落。

欧坚刚刚坐在自己的椅子上，突然听到一声凄厉的惨叫。那是审讯室传来的，她狠狠压住自己差点弹跳而起的身体。

中岛伍长又在审讯了，不知道是用水刑还是火刑抑或吊飞机。一个活生生的人，从胸腔里爆发的一声紧接一声，被一刀劈开的叫，锥子一样穿透了整个区役所，穿过欧坚。

区役所是个危机四伏没有空间的地狱，挤迫着缠绕着无数吐出丫字形舌头的毒蛇，连空气都飘荡着血腥膻气。欧坚，分分秒秒都得压抑自己的不寒而栗。默默，默默，一动不动坐在自己的位置上，关闭自己的视觉听觉，抄写文件。

真不容易。

欧坚的内心比山重比山沉，连胸腔里的起伏呼吸都变得小心翼翼。

即使夜深人静，她也不能大口大口呼吸。区役所的宿舍还有其他女孩，那个叫潘雪飞的女孩似乎还没入睡，欧坚只有听任思念在黑夜里匍匐爬行。想念欧锋，想念游击队，想念那些筋疲力尽的夜行军，想念连队里被大家传阅无数遍的游击队小报，想念那些听话地喝尽口盅里最后一滴松针水的战士……这样的精神煎熬，多少次夜行军跌跤没有哭过的女孩，这样的夜，想哭。

情报工作的组织纪律很严厉，除单线联系外不能与任何人接触。

那些相识的老乡，那些化装出来活动的游击队战友，明明白白看见了却得绕着避开，形同陌路，若无其事，相识不相认，甚至被误认为汉奸。这些白天情景在黑夜的大屏幕不断回放，她只能在这样的回放中，与战友们在一起。

沙头角区役所距离游击队的驻地其实不远，只隔着一个海滩。

有的时候，她忍不住，会向着那个方向遥望。为了隔着一个海滩的他们，她忍受煎熬。

在区役所里，唯一令她感到欣慰的是，她的组织关系人，单线联络人陈亮也潜伏在区役所，任沙头角区役所户籍系课长。

她每天抄录日军文件，遇有机密的资料便摘抄下来交给陈亮，不能摘抄的就牢记在心，口头向陈亮汇报。

什么东西对游击队有用？印制了日军机关名称和加盖区役所印章的

空白信封信纸，这方便游击队出入日军封锁线。她不禁想到缺医少药的医务所，所有药品和医疗用品都在香港被限制购买。如果有日军机关证明，就能通过日军封锁线。

她悄悄拿了这样的信封信纸，转送游击队。拿了一次又一次，游击队需要。

日军中岛伍长留意区役所每个职员的举动，只要发现异常就会盘问甚至审讯。

欧坚每天每时每刻都在走钢丝，绷得紧紧的，绝对不敢放松片刻。区役所里的人都感到朱木兰很安静，从来都老老实实地坐在自己的位置上，默默地抄写，也从来没有出过差错。

此刻，她就是朱木兰。

有好几次，欧坚抄写、收发文件的时候，突然会有第六感觉，颈背一阵蛇样的阴冷。果然，中岛伍长悄悄站在身后，无声无息地看着她抄写。

欧坚很镇定，必须是若无其事的朱木兰。中岛找不到任何破绽，没有任何怀疑。

1943 年 3 月 3 日下午 3 点，日本沙头角警备队、宪兵队和粉岭警备队 100 多武装人员，突然袭击沙头角鹿颈、南涌各村，分 3 路包围港九大队政训室所在的山头，游击队员们当场牺牲 3 人，多人受伤和被捕杀害。日军搜索山头时发现印制着日军机关的空白纸和盖了印章的通行证等，游击队怎么会得到这样的东西？肯定来自区役所。

中岛伍长和汉奸区长温二分析排查区役所所有人员，对欧坚产生了怀疑。

袭击后的第 3 天，宪兵队中岛伍长马上到区役所抓人：朱木兰是游击队员，要抓住她。

人呢？撤了，宿舍里只剩下她折叠得很好的行李。

交通员李嫂把深入虎穴的欧坚带出了险地，李嫂并非图片上的李甘妹。留存不多的交通员历史图片中，李甘妹把小小的口琴含在嘴边，看上去很用力气地吹，吹奏出战争的哀愤和激昂，以及对和平的渴望。

（深圳史志办资料）

陈亮的潜伏没有丝毫破绽，抓捕欧坚前，温二甚至将怀疑告知陈亮。

陈亮立即命令欧坚紧急撤离区役所，交通员李嫂奉命带着欧坚上了交通船，过大小滘直达深冲。就在中岛带领宪兵冲进区役所的时候，欧坚已经在返回港九大队部的途中。

惊险万分的一路护送，欧坚有许多疑问，一个与自己单线联系的陈亮无法做到许多，区役所里还有谁是自己人？这是秘密，她不能问。

温二不笨，游击队的消息怎么如此灵通？还有谁打进了宪查队和区役所？温二和中岛伍长密商，准备全面审查机关人员。

这个情报送到港九大队，大队领导商量，这汉奸，老百姓早就恨之入骨，本来就有除掉此汉奸之意，如今更要先发制人。沙头角中队同年11月，在上水和沙头角之间的公路伏击击毙汉奸温二，中岛没有了温二这个汉奸，相当于摸不到边找不到北的瞎子了。

许多年后，欧坚才知道，同在虎穴潜伏的还有不时碰面的沙头角日军宪查队华人队长袁浩，中岛和温二准备全面审查机关人员的情报正是他送出的；30年后的一次战友聚会，她突然惊喜地发现同住一室的户籍系潘雪飞，竟是久闻未曾谋面的东江纵队司令部电台的潘淑均。

民族，这个名词对于欧坚并不抽象，就是身边许多不认识但同心同德的中国人。

深入虎穴的欧坚，再次交出令民族无愧的答卷，而这份答卷正是由女兵和同道者共同谱写。

兰 姐

欧坚又回到了医务人员队伍当中。

1943 年 3 月 3 日，日军袭击港九大队政训室，港九大队吸取了经验教训，取消分片领导，大队领导机构集中到西贡区。欧坚返回港九大队后，和麦雅贞共同负责港九大队的卫生医疗工作。港九大队医院曾担任卫生员的有陈瑞、余绿波、刘可仪、梁若莲、小李、罗月英（欧锋的堂妹）、高年欢，除了陈光和陈牛两个男孩，这些女兵大多十六七岁，基本来自香港，少数来自内地乡村。

没有接受过专业的护理训练，文化低，不怕，学！学文化，练！苦练互相扎针，多少人留下伤疤，这是当年苦练扎针技术的证明；没有炊事员清洁员，不要紧，做饭烧水，洗血衣，洗绷带全都一肩扛；没有心理辅导师开导伤病员的厌烦及暴躁情绪，没关系，唱歌、讲故事、说笑话、读报，战胜伤痛，安心治疗。

女兵们，扛起了一切。

而令她们最难过的是缺医少药，港九大队缺，东纵各部更缺，缺到什么程度?

“兰姐”的故事说明一切。

“兰姐”全名易焕兰，1939 年从香港来到游击队，是最早入队的女兵。20 多岁的她和战士们年纪差别不大，为什么人人喊“兰姐”？

龙岗的一次战斗中，她一鼓作气背下了左脚骨折的李官喜班长，背

2005年采访93岁的“兰姐”。1938年11月，这位香港九龙淘化罐头厂的工人参加了曾生的“惠宝人民抗日游击队”。她说三更半夜送情报，走的都是大山大岭，一个人，一条竹仔，一面走一面拨。有一次拨出一条饭铲头（眼镜蛇），呼呼呼，大扁头一扑一扑，真的很吓人……（张黎明 摄）

下了左肩受伤的李强班长。可看到小队长黄秀腹部中弹，小段肠子随血外流，她慌，捂了胸膛不让自己那颗心跳出来。火线，容不得想，容不得退，容不得脚软。黄秀捧起那段血肉肠子，更狠地咬牙，把肠子全部送回自己的肚子……易焕兰把黄秀背到了山边的灰窑，算是临时医疗所吧。

被易焕兰背下火线的伤员们都在灰窑，都在看她。

药！急需的药，没有。她知道，只有几捆纱布和几瓶红药水、酒精。她扭头看看大家，想哭，半点眼泪也不能掉下来，自己是战士们的希望。

她给伤员们包扎，洗伤口，还想法子上外头给伤员们找喝的吃的……

这晚，黄秀情况恶化，尿液无法排出，膀胱肿胀，几次休克。

尿中毒会要性命的，在医疗培训班学习的时候听医生说过。

怎么办？急需导尿管！没有！易焕兰的眼泪要决堤了，哭？哭什么？伤员们都在看！

黄秀的肚子鼓胀，好比怀孕几个月的妇人。她按摩黄秀的膀胱部位，一滴尿也没有排出！易焕兰咬着牙，按摩，按摩，根本没有作用。

导尿管！没有，她恨不得自己是那根管！她顿住了，自己为什么不是？她闭了闭眼睛又睁开，俯下腰，可是……可是……自己是个没结婚的姑娘。

灰窑里的战士都大睁着眼睛。

黄秀的眼睛抖，嘴抖，手也抖。黄秀要死了！他才 10 多岁！他还是个孩子！易焕兰不想了，她就是吸管，她趴下了，用尽力气吸吮排尿口……一口又一口的尿，出来了。

黄秀有救了。

湿透的她，连头发梢都在滴水，是汗是泪？

灰窑里的战士有的眼泪扑扇扑扇落，有的难以压抑哭声倏然背脸……

黄秀脱险了，睁开眼，拼了力气说话，他憋了半天，突然哭着喊：兰姐……

灰窑里的战士先是静得连呼吸的声音都听不到，突然也像黄秀那样，你一声我一声的哭喊：兰姐。

“兰姐”充盈在灰窑。游击队的“兰姐”，后来从战士到司令员都这样喊。

1943 年是很苦很苦的一年，缺医少药到了这样的程度，兰姐不得不用自己替代了器械。

这样的缺医少药，逼迫着女兵们去找替代品。

消毒药水用盐水替代，瓦罐代替消毒锅，削尖竹片代替探针或镊子，而注射针头用钝了磨尖了再用。

西药奇缺就用中草药替代，采集民间医生的土方偏方。用中草药治疗各种常见病，如凤尾草煎水治痢疾，鸡屎果叶炒米煎水治腹泻，苦楝叶煎水治烂脚，眉豆煲蒜头治脚气，猪肝拌锅底灰治夜盲症，崩大碗、田冠草煮水做清凉饮料等。

只要能够重复使用的就不丢弃，救护用得最多的棉花、纱布、绷带十分缺乏。用过的，沾脓带血，血腥腐臭，全都洗涤干净，煮沸消毒后再用；还请老百姓支持一些破棉絮，一丝丝拆开，一丝丝洗晒，再煮沸消毒使用。

……

1943 年还因为广东大旱，吃了上顿没有下顿，粮食不够只能拌着野菜木瓜一起煮，根本吃不饱，伤病员都面黄水肿。欧坚看着心酸，麦雅贞也心酸，开饭时，她们和女兵们悄悄约定很慢很慢地吃，把大多数食物都让给伤病员。

伤病员奇怪了，不禁问：你们为什么吃得这么慢呀？

她们笑着回答：我们女同志胃口小，吃得少嘛。

伤病员感到蹊跷，都很饿，怎么可能胃口小？他们突然明白，不问了，猜到了女兵们的心思。第二天他们坚决要求分饭吃，一人一口盅。他们的心思女兵们也明白，让女兵们多吃点。

这时候，女兵们也不瞒了，说什么也要把自己口盅里的饭拨出一半给伤病员。

这样推来推去，本来不够吃的饭，竟然还剩下了。

女兵命令大家进行第二次分饭，不吃饱，伤口怎么能好？伤口不好怎么打“萝卜头”（日军）？

所有剩下的饭又拨拉到伤病员的口盅里，伤病员听话了，闷头吃，吃着吃着，眼泪掉饭里了，泪和饭一起大口咽下。

在战士们的眼里，女兵们都是他们的“兰姐”。

……

医务所或医院设立在什么地方？

港九地区回旋区域狭小，日军出动扫荡很频繁，医务所很难固定，

战斗中的救护站，其实就是村边村后的破陋泥屋，有的就剩下一个屋架子。这还是好的，更多的救护站隐藏在废弃的炭窑或密林中的野地。（罗欧锋 摄）

一有动静就得马上转移。

西贡区连绵的山峦密林中，有赤径村、北潭涌、白沙坳、深坑、大浪村、三椏、嶂上、黄毛应等穿插在深山中的小村子，都曾经藏着游击队的医务所。

这些流动的抗战医务所或医院，今天根本无法想象环境有多恶劣，设备有多简陋。

医院的地点能够选在天主教堂或祠堂庙宇是最好的，紧急情况就进入密林深处搭建草棚。即使重伤重病员，也很少有固定的医疗地点，大多每处住几晚，为了躲避日军包围袭击，只能用担架抬着伤病员四处东移西转。

战地医院的"病床"只是铺在地面上的床板，这已经是最好最高级的。更多的也就是潮湿泥地上的一层稻草或一张毛毡，稻草是最为常用的被褥了。

伤病员牺牲了，不能声张，不能买棺木，女兵们就是护送他们最后一程的亲人。含泪亲手为他们抹去血污，用当时恶劣环境下最珍贵的毛毡裹起他们，求助乡亲用竹梯抬到山林深处埋葬。

港九大队医院算条件好的，其他内地部队常常打完仗就立即转移，不能走动的伤病员就由医务人员带领，或躲入深山老林的山洞、炭窑或者搭个茅寮隐蔽治疗；或把伤病员分散隐蔽在可靠的老百姓家里，医务人员天天攀山越岭、走村串户去送医送药。

在这样动荡的环境下，医院必须常常想方设法到市区购买药品，除了供应港九大队医院，还支持东纵司令部和其他内地部队的需求。

无法想象这些女兵们的艰难，她们为各中队送来的伤员病号留置医疗。如抢救被地雷炸伤双目失明的蓝天洪和曾九；1943 年 3 月 3 日突围被日军刺刀插进嘴巴的章平及重伤的温观友；港九大队大队长蔡国梁的伤后治疗；副大队长鲁风肺部切除后的愈后护理。医院还奉命接治内地部队转来的伤病员，如惠阳转来的梧桐山战斗受伤的战士，就在三椏村附近的小山搭建临时茅寮医务所，伤口基本愈合才派船接回惠阳疗养；护航大队长刘培下涌海战负伤，先送到大队西涌医院打针止血，再由麦雅贞化装成家属护送，声称传染病人通过日军关卡，在私家医院手术治疗后，又在西贡医疗点愈后疗理。

……

角 色

许多记忆，欧坚常常一句带过：女兵们治疗护理伤员，并组织民众妇女会抬担架运送伤员，如果医院设在村庄，还利用晚上空余时间办妇女识字班。

可以看出，这些女兵的角色也像她们的医院，不停转换。

几十年后，欧坚常常提起的不是艰难，而是那些担架队的西贡农家妇女，不管白天黑夜，不管路途多远多崎岖，只要说需要，抬起伤病员就走。

欧坚记不清自己组织过多少妇女担架队，办过多少识字班。可这些

15岁参队的欧坚，在抗日游击队里渐渐长大。斜挎在身上的细绳，绳上系着圆镜头那样的东西不是枪，若黑夜里接到紧急任务，这东西很管用——手电筒，射出小小的一束光能照见脚下的路。

（罗欧锋 摄）

卫生员不仅仅是卫生员，他们会变身为扫盲识字的教员，还会变身为教村里的姑娘和小伙子演抗日救亡剧的导演。

（罗欧锋 摄）

担架队、识字班的女人们，记得那个游击队女兵：欧坚。

这些普通农家妇女，并不像港九市郊的女性开放。传统的重男轻女，不仅贫苦家庭，连富裕人家的女性大多也不识字，见到生人都不敢吱声。

欧坚教她们识字，教她们放声唱歌，直至上台演出抗日剧，张牛妹演《好仔要当兵》里的日本兵，湛四娇演抗日男青年，许辛娇演女青年。

第一场在大浪村演出，满场掌声，许辛娇的家公戴贵长捧腹大笑，边笑边竖起拇指，像！

20世纪90年代，这些年近70的普通西贡老人仍然惦记欧坚，仍然满腹疑惑，这女兵怎么会让自己的胆子变大，敢演戏？

是啊，还是抗日戏！

是的，正是抗日，正是这危难之时扛起的民族，令欧坚踏实，令她产生不可思议的凝聚力。

1944年，海上中队和中华队的活动已经扩展到大鹏半岛，大鹏成为港九大队的后方。大队部从西贡区迁到枫木浪村，后来分出部分迁到水头沙、半天云等地。

1944年下半年，麦雅贞上调东纵司令部卫生处。欧坚已经独当一面负责大队卫生工作，担任了医院院长，此时她年仅18岁。

没有人对这个18岁女孩能否胜任说半句话。事实上，医院里，她领导的卫生员几乎都比她年轻，经验也比她浅。

1945年上半年，东江纵队司令部医院和港九大队部医院合并，转入大鹏城内。此时，司令部医院的工作人员和伤病员有上百人。

1945年下半年，日军节节败退，东纵司令部转移到东江以北地区，医院同时调整，麦雅贞和冯幕贞奉命北上，欧坚调任江南指挥部江南医院，在惠阳汤坑、约场、五道将军等地设立战地医院，直至日本投降。

1945年，东江纵队人数已近万人，下属9个支队，每个支队都设有卫生机构。这期间，一批医务学校读书的青年学生邓天帆等，东莞开业医生马烈（男）和阮群治，都加入了东纵的卫生医疗队伍。医疗水平相应提高，原来分散、简陋的医疗机构逐步健全。

1945年2月，东江纵队司令部迁到罗浮山，东纵医院5月创办，规模可接收上百伤病员。江枫担任医院主要负责人，医院配中西医医生，以及相当数量的护理人员和后勤服务人员。

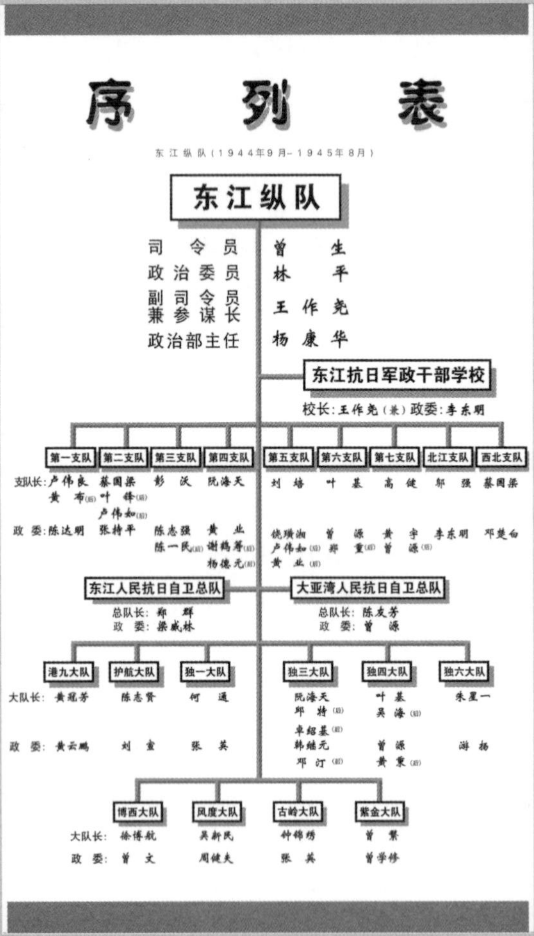
序列表
东江纵队（1944年9月–1945年8月）
东江纵队
司令员 曾生
政治委员 林平
副司令员兼参谋长 王作尧
政治部主任 杨康华
东江抗日军政干部学校
校长：王作尧（兼）政委：李东明
第一支队
第二支队
第三支队
第四支队
第五支队
第六支队
第七支队
北江支队
西北支队
支队长：卢伟良 黄布（后） 蔡国梁 叶锋（后） 卢伟如（后） 彭沃 阮海天 刘培 叶基 高健 邬强 蔡国梁
政委：陈达明 张持平 陈志强 陈一民（后） 黄业 谢鹤筹（后） 杨德元（后） 饶璜湘 卢伟如（后） 黄业（后） 曾源 郑重（后） 黄宇 曾源（后） 李东明 邓楚白
东江人民抗日自卫总队
总队长：郑群
政委：梁威林
大亚湾人民抗日自卫总队
总队长：陈友芳
政委：曾源
港九大队
护航大队
独一大队
独三大队
独四大队
独六大队
大队长：黄冠芳 陈志贤 何通 阮海天 邱特（后） 卓绍基（后） 叶基 吴海（后） 朱星一
政委：黄云鹏 刘宣 张英 韩继元 邓汀（后） 曾源 黄东（后） 游扬
博西大队
风度大队
古岭大队
紫金大队
大队长：徐博航 吴新民 钟锦榜 曾繁
政委：曾文 周健夫 张英 曾学修

1943年12月2日，广东人民抗日游击总队改称广东人民抗日游击队东江纵队，并发表《东江纵队成立宣言》，司令员曾生、政治委员林平、副司令员兼参谋长王作尧、政治部主任杨康华。东江纵队公开宣布接受中国共产党的领导、为打败日本帝国主义，建设独立、自由、幸福的新中国而斗争。

（深圳史志办资料）

东纵曾经在惠阳的土洋、洋坑、王母等地举办三期卫生员训练班，每期学员三十多人，时间两三个月；以后又在罗浮山举办一期卫生员训练班，学员四十多人。

教学内容重点是战场救护、外伤处理和连队卫生管理，以及常见病如疟疾、感冒、肠胃病、夜盲等的预防和治疗。

训练班教员大多是有专业知识的医生、护士。

学员是各支队和各大队选送的具有小学文化程度的女兵。

这些女兵，绝大部分都是十多岁的年轻人，欧坚在记忆中用了“年轻人”这样的字眼。十六七岁正是初中或高中生，是孩子，今天的孩子，在昨天的战争中却不得不成为战士。

婚　礼

欧坚，从15岁开始经历战争，度过了生命中最珍贵的青春，作为一个中国人，尤其是香港回归的那段日子，她和港九大队的那些战友们，如此骄傲，如此无愧。

她和欧锋返回那个曾经举行婚礼的小村庄，往昔的一幕幕展现在眼前。

1944年4月13日下午，就在南澳枫木浪村的草坪上，会场前面倒是有一支整整齐齐的“仪仗队”，200名战士排成两行队列。

主持人宣布：婚礼开始，新郎新娘进场。

他们一身戎装，穿着港九大队自制的灰色“军装”，头戴军帽腰束皮带还别着短枪，脚上一双新的“冯强鞋”。尽管没有婚纱和礼服，没有浓妆艳抹，可这是那个年代大家心里最美的抗日新郎和新娘。

一声口令，200名战士的双手高举上了刺刀的英式七九步枪，“咔嚓”一声交叉，真是威风八面，架向天空的刺刀顿成婚礼的通道。此时，代替礼炮的枪声响了，战友们的祝福和欢笑声此起彼伏，与山林海浪遥相呼应。

港九大队，从来没有这样的隆重婚礼，新郎新娘惊喜不已。

欧锋牵起有点羞涩的欧坚，缓缓步入这以200杆枪架起的婚礼“通道”进入会场。不过，架枪的调皮战士给他们出难题了，枪架由高至低，越压越低的枪架象征着抗日道路的艰难啊！新郎新娘从挺着身子进入，

战争中，欧锋和欧坚不可能像往日在咖啡厅、铁路边、树荫下天天相遇。他们各自一方，这样的阻隔和距离，产生了奇妙的作用力，男孩和女孩之间的朦朦胧胧反倒清晰了。行军途中的偶然相见，眼神碰撞，电石相击火花闪现，所有的思念瞬间在互相穿透的瞬间长出一瓣小小的嫩芽，在这抗战的烽火中渐渐长成了树，这葵涌相遇的照片就是佐证。（罗欧锋 摄）

1948年，欧锋和欧坚的孩子出生了，成为父亲和母亲的幸福全都写在脸上了。（罗志威、罗志红 供图）

腰间系着子弹夹，腰侧还插着枪，这是欧坚很少见的装束。她不再凝视着镜头前按快门的欧锋，她笑看着远方，不知道有多远，只知道那是前方……

（罗欧锋 摄）

然后弯腰，欧锋微微侧着身子护卫着新娘，再后腰得弯成弓状，最后几近蹲着脑壳贴着枪架，欧坚过了，欧锋也过了……战士们不依不饶，欧坚大大方方亮开嗓门唱了首“丈夫去当兵”。这些抗战的好男儿把手掌拍得震天响，“丈夫去当兵”，多少热血丈夫为国而战？多少家中妻子期盼丈夫胜利归来？……

小村子已经找不到他们想找的记忆了。

女兵，她从来都没有转换女兵的角色，直到晚年，甚至生命的最后一刻。

2007年8月1日，欧坚参加了广州老战士聚会，天气酷热，走多了，说多了，笑多了。先是感冒，继而肺炎，住进了医院。

这段日子凡问候她的，都能听到她如此回答：我会回来的。

每天，医生护士都看到这位东纵女战士，只要精神好一点点，她都在唱，一个字一个字吃力地唱：向前！向前！向前！

直到后来上了呼吸机，然后是很残酷的抢救。

入院的第23天，81岁的她走了。

向前！向前！向前！从欧坚的15岁开始到生命结束，这是她永恒的生命主旋律。这就是一个女兵，也是一个香港女孩对中华民族的忠诚。

这位从香港圣玛丽女子书院出走，选择抗日游击队的女孩。这是过去，这是历史，是已完成并无法更改的选择，非一个人完成的选择。

以今天的眼光，有许多迷惑和质疑。

只能进入那久远饱经磨难的年份，抵达历史现场，去领会那种拔地而起的力量，非空穴而起，从心生出的力，于是就有了不可阻厄的生存选择。

今天，没有“民族”哐当一下砸在胸前，砸在脑门的场景，无法进入理解的通道……

罗汝澄的兄弟姐妹，**口口相传**的**反抗精神**也就像**基因**，流动在血液，**种植在细胞**。正因为这，他们对**强暴**对**侵略**有着**先天的敏感**，而反抗也更为**勇敢且呈现家族的整体性**。

第七章

口口相传的“炮打鬼”

港　人

有人称誉沙头角罗家为“港人抗日第一家”，的确，何以罗家兄弟姐妹，连同妻子或丈夫等，家族一门10多人参加或支持抗战游击队？探究，走进这个家族的历史才能找到答案……

罗家儿女，沙头角南涌罗屋村人，祖先从中原逃难至此的客家人，历经300年之久。

南涌罗屋村，位于新界北面，沙头角鹿颈村的西面，沙头角海的西南岸，这个传统的客家小山村，只有20多户人家，住着杨、郑、罗、李、张五姓人家。沙头角地处新界连接内地的必经之道，请人挑行李担子、挑粮谷、挑咸鱼，而新界地区盛产石灰，建房修屋都用灰沙，挑石灰担子的大多是穷苦的客家人。客家话“挑灰脚”意为挑灰的脚，后简化成“灰脚”，像称呼锄头这一类的生产工具，渐渐以挑担维生的都跟了这“灰脚”的称呼。

罗家祖先就是“灰脚”，一双赤脚一根扁担是求生活命的全部。

当时，不仅罗家穷，整个中国都很穷很弱。正当世界弱肉强食，西方列强们四处掠夺财富，抢占殖民地之时。鸦片战争后，《天津条约》一签订，苦力贸易合法化了，这就是老辈人说的“猪仔”买卖。自此，“猪仔馆”在沿海一带纷纷挂牌营业，“猪仔头”以招工为幌子，四处游说“过番”挣大钱。

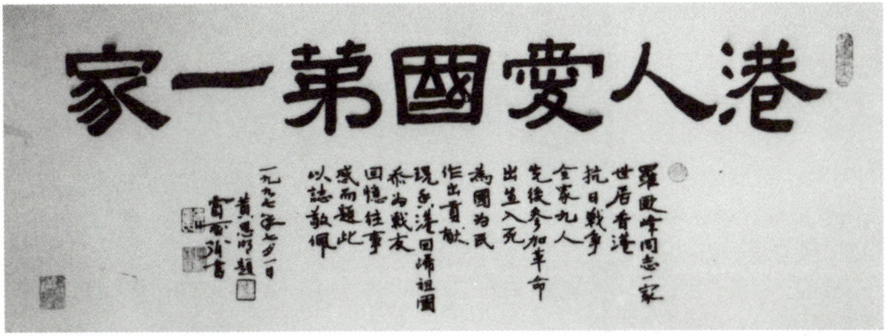
港人愛國第一家

2007年，在欧锋的老战友曾强带领下，笔者寻到了香港新界沙头角南涌，那传说中的罗家老屋旁又建起了新房，房中最显眼的“港人爱国第一家”在诉说什么？关于自己，欧锋一句不说，嘴唇微微颤抖：说什么？过去帮助过我们的老百姓，日子过得并不好……

（张黎明 摄）

羅氏宗祠

罗氏祠堂翻新了，只是祠堂的一切都是旧日的，除了列祖宗牌位，就是几幅挂在高处的祖上图片。其中有一幅挖掘巴拿马运河中国劳工的集体照片，密密匝匝的人堆里有着罗家几辈人，祠堂藏了一个家族的故事…… （张黎明 摄）

抗战烽火中的罗家祖屋。罗汝澄一辈人就是从这走起，心系了家国。这祖屋也就成了东江游击队的交通站（1941—1945），接着罗家姐弟一个个成了游击队的人。如今人都去了，留下了永远的记忆。

（罗欧锋 摄）

沙头角南涌村，依山傍海，一片葱绿，微微的风在远处轻拂，生怕扰了这沉寂，如此安静，静得让人不禁屏住呼吸……

（张黎明 摄）

据《十九世纪的香港》一书披露，从 1883 年至 1898 年，经过香港出口的华工累计 991 568 人。西方殖民者从苦力贸易中获得丰厚的利润，贩卖每个苦力最少可获得 50 到 70 美元。1862 年前的早期“猪仔”多为契约工，上船前签订 5 至 8 年的年工契约。1862 年以后，多属赊单工，代理人垫付华工船票，到国外后以工资加高利偿抵，债务清还前受债权人控制和驱使。

罗胜标（罗汝澄曾祖父），听“猪仔头”说五年八年的苦日子一眨眼就过去了。老辈人不就是一双脚一双手，披荆斩棘从中原挪到南涌？过番还能坐大船，怕什么？过番去！于是签了卖身契，把自己卖了“猪仔”，漂洋过海到巴拿马当苦工。

五年八年过去，并没得到“猪仔头”鼓噪的好日子，挣大钱的梦很远，生活依旧贫困艰难。

罗胜标的儿子罗玉义（罗汝澄祖父），又把自己卖“猪仔”了。在巴拿马拼命干活，并没多少钱往家乡寄，妻子儿女常常揭不开锅，穷得只有人和四壁。

其子罗奕辉（罗汝澄父亲）生于 1885 年，从出生开始就穷得穿不上裤子。小时候打光腚，幸好香港冬天也不太冷，唐装衣衫也够长，能遮羞，赤脚丫光屁股直到 14 岁（虚岁）。知道害臊了，想穿裤子了，可钱呢？买不起。

如今的人，怎么可能相信 14 岁还没有裤子穿。

那个年代还有更穷的，兄弟几个成人了还只有一条裤子，谁出门谁穿裤子。新埋下去的死人，尸体扒拉出来，将身上的衣服剥去穿了，平常得很，不算什么新闻。

穷，穷得如此心酸，有什么办法？

罗奕辉母子想想，要活，要家庭团聚，只有卖“猪仔”这一条路了。

罗奕辉，这位高挂于罗氏祠堂正面的罗家父辈，罗汝澄的父亲，生于1885年的他，14岁时还没有裤子穿。于是像父亲和祖父一样，把自己卖了猪仔，罗家祖孙三代华侨劳工，参与修建巴拿马运河，最终还清债务。面对自由，瘦骨嶙峋的祖父和父亲在咧嘴笑，罗奕辉却扑通一头跪在老人跟前，发誓要过上好日子，“勤俭做人”，光宗耀祖。（罗氏族谱资料）

陈丁芹，罗奕辉之妻。罗奕辉30多岁依旧单身，像90%的华工那样，带着10多年的积蓄，返回家乡，娶香港新界沙头角同是客家人的鹿颈村陈氏之女为妻。从此这位天生的大脚女人，孝敬公婆，手脚勤快，让罗奕辉感到了家的温暖。

（罗氏族谱资料）

船票款由“猪仔头”垫付，母子俩一咬牙也卖身来到巴拿马，成了赊单工。

他们一家起早摸黑，拼命干活，所有的工资都交给“贩头”，心里就一个清还债务摆脱“贩头”，赎一个自由的念想。

三代“猪仔”，年复一年，罗家祖孙三代华侨劳工血汗拼搏，修建巴拿马运河，终于还清债务，换得自由。

面对自由，罗奕辉很想哭，看着咧嘴笑的瘦骨嶙峋的祖父和父亲，扑通一头跪在老人跟前，发誓要过上好日子“勤俭做人”，光宗耀祖。

他在自己装行李衣服的木箱子上，刻写了“勤俭做人”四个大字。记住“勤俭做人”，绝对不能愧对勤苦一生的祖父和父亲。仗着年轻力壮，臭脏，苦累，别人能干他干，别人不能干的他也能干，还自学英语和西班牙语。10 多年血汗拼搏，终于存了一笔钱，开了间自营的小杂货铺，做起小买卖。

30 多岁依旧单身的他，像百分之九十的华工那样，带着 10 多年的积蓄，返回唐山沙头角南涌。哀痛，家在英界。

他娶离南涌不远的鹿颈村陈氏之女陈丁芹为妻。

陈丁芹也是客家人，贤惠的她孝敬公婆，手脚勤快，家里收拾得干干净净。不久，生下第一个孩子。

看着嗷嗷待哺的婴孩，看着生产后虚弱的妻子，他清楚什么叫家，再次发誓绝不让妻儿受穷。

他的巴拿马小店铺扩张了，买卖越做越好，也越来越舍不得吃好的，穿好的，始终按照木箱子上的大字做人。省下的钱除了打理店铺，其余全部寄回家乡，相继买了田地和鱼塘。

陈丁芹不负家族期望，生下三男四女（其中长女和三女早逝）。

“勤俭做人”的罗奕辉终于得到了回报，罗家生活渐渐丰裕，最让他宽慰的是膝下那群可爱的，渐渐长大的孩子。这位 14 岁还光屁股没裤子穿的父亲，牢记中国古书上说的“书中自有黄金屋”，他明白读书认字的好处，再苦再累也得攒钱让子女们读书，过上好日子。

他说得最多的就是识字，一定要识字。兄弟 3 人都进入了沙头角东和小学读书，父亲打算让他们兄弟上初中、高中、大学；而他们的姐姐罗乙昭，也在村里的私塾读书识字，这在当时可是破天荒的事。

孩子们的记忆中，父亲尽管省吃俭用却不吝啬，对于乡亲的困难有求必应，这样的人品得到乡亲们的赞扬。

新界华侨有谁不知道这位父亲？说起罗奕辉都知道他“勤俭做人”，都竖起大拇指。

家 规

1930 年，罗奕辉在家乡离南涌祖屋不远的石涌坳建新大屋。新屋还在修建，从来都闲不下来的阿爸，拉着孩子们的小手，绕着屋子一圈又一圈，罗家的新屋，奋斗半生的见证。

这是罗奕辉最高兴的时候。

每当回家，家里总是聚满了叔伯乡亲，罗奕辉被推选担任红十字会名誉主席和乡议局委员。乡亲们大事小事都找他商量，这里成了议事大厅。

正好，长子罗雨中小学毕业了，该上什么样的中学？

当时，香港办起了许多新型的洋学堂。那时上英文学校很时髦，在一些洋银行洋商铺就业，能讲英文，报酬会高出一半，有的时候会高出

1930年，“勤俭做人”的罗奕辉在离南涌祖屋不远的石涌坳建新大屋。新屋还在修建，从来都闲不下来的他，拉着孩子们的小手，绕着屋子一圈又一圈，这是罗奕辉最高兴的时候。罗家新屋是罗奕辉奋斗半生的见证。

（张黎明 摄）

几倍。

亲朋们七嘴八舌，建议上英文学校。

父亲罗奕辉突然脸一沉：不上英文学校，只准上中文学校。

为什么？

家规。

家规？什么时候立的？我们不知道？

我立的，我现在立的。

亲友们很惊诧，都说读中文吃亏，送孩子读英文中学合算。

一向宽容大度的他变得不容商量：我们祖辈做人牛马，“钩鼻佬”（洋人）欺负我们还没够？还要让后代去做奴才？苦日子何时有尽头？

没有人理解这位父亲。

汝澄也瞪着小眼睛：为什么不让阿哥学讲“番话”？

一时间，阿爸没有答话。

有亲友突然质疑：“钩鼻佬”不好，你自己又学讲“番话”？

罗奕辉被点了死穴，是啊，在国外漂泊多年的他，不但学会讲英语还学了西班牙语。他脸色慢慢涨红，想说什么，气呛了，半天无语。

谁会明白他心里那些纠结如麻的痛楚和隐秘？

这位父亲一生都无法忘记自己如何跻身于沙丁鱼罐头般的“猪仔”船舱，闷热和臭气熏天。每天仅有连猫都吃不饱的饭量，干裂的喉咙比烙铁还烫，只供应几口水没喝进肚子就蒸发了。

更要命的是“猪仔”，洋人不会正眼看，一不小心出点差错就被洋枪抵胸。这种种经历，连猪也不如的亲身经历，他从来没有倾诉过……

纠结啊，为什么如此恨“钩鼻佬”？

恨之果必有恨之因。

从他懂事开始，在山村客家人一串骂人词语“炮打鬼”“红毛贼”之中，从来没有掩饰对“钩鼻佬”的恨。南涌罗屋这个小山村很闭塞，不知道什么叫鸦片战争，不知道1842年英国和清政府签订的《南京条约》，更不知道这是中国近代史上第一个中国和外国签订的不平等条约。

大榕树下，延续了一代一代简单传统的口传方式，客家人口口相传的旧事。知道来自中原，知道那个叫香港村的岛让“红毛贼”占了，谁敢反“红毛鬼”就把谁塞进比人大腿还粗的炮筒，一炮打出去，什么肉什么骨头都没了。

这就是“炮打鬼”的来源。

少年罗奕辉听过（1840年以前）曾祖父那辈的事：九龙海战激战半天，赖恩爵所率大鹏协水师告胜，起因红毛船借求食靠近兵船，再以大炮齐轰兵船，可见红毛的奸诈；林则徐命守兵固守官涌山，红毛军10天攻战6次，最绝是第7天，红毛军倚仗坚船利炮，从黄昏开始炮轰至五更，以为可登陆，清军五路大炮这才一齐开火，红毛舰混乱中互撞，争相弃舰，远遁而逃。

少年罗奕辉听过（1860年以前）祖父那辈的事：红毛上香港村（港岛）了，竖起了杠杠条条旗，大船舰绕香港岛一圈，整整绕了7天，说岛已归大英国，人也归大英国，那么大的一个岛也敢盗？

罗奕辉和父辈（1900年以前）这些年，他懂事就知道新界不属新安了，属了红毛。这事情不断成为大榕树下忧心忡忡的中心议题，他们不愿意却躲不开逃不去的命！

那年，英夷刚刚要占新界，要修警棚要升英国旗。

罗奕辉记得很清楚，1899年3月，红毛鬼沿河竖立木质界桩，沙头角分成两半，新安也成两半。他们南涌罗屋村在英国旗这边，许多别的村也是这个命。

大榕树下闲聊的乡民，有骂“炮打鬼”的，更多的是叹气。

这一天，几乎同时的三四月间，大榕树下的人们突然一致了，似乎都看到了转机，有希望了。

离沙头角不远的锦田、元朗、粉岭，有民众起来反对英国强租新界，推举邓义石先生当抗英头领。

3月，烧了新建要举行接管仪式升英国旗的大埔警棚；4月，英军再竖旗杆建警棚，新界各乡团练乡勇和从新安（深圳）赶来的2 000多抗英民众，再次火烧警棚。并聚集在大埔墟山坡，开挖坑堑，拒阻英兵。英军猛烈炮轰抗英阵地继而步兵冲锋，义军退守林村山谷，数天后居高临下抗击英军，然后经上村退往八乡方向，集结在锦田附近。

4月18日下午，新界各乡和深圳、沙头及东莞县，有说2 600多，有说上万抗英义军向英军发起反攻，遭英军伏击，死伤众多，驻守深圳的清兵上千却隔岸观火。抗英义军终因武器简陋，只有且战且退，忍泪撤出……

这口口相传的番夷，这口口相传的哀愤，这痛久得让大家以为忘却了，却因为要给孩子选学校，那扎入肉中多年的针刺，不经意触碰，突然如插入匕首，让这位父亲剧痛无比。

大儿子罗雨中听从了父亲意见，在香港读中文学校。

父亲，于是开始在不经意中诉说过去，孩子们知道了他久远的榕树下之痛。

1935年，14岁的罗汝澄也小学毕业了。

上什么学校？

老师们都夸这个孩子特别聪明，能读书，将来是个人才。父亲让汝澄上宝安的县立学校——南头中学。

这又出乎亲友们的意料，上南头中学，得从沙头角到南头，从东至西，穿越了大半个今天的深圳，交通落后的1935年要花多少时间？香港的中文学校很多，离家很近，为什么选择很远的南头中学?

罗奕辉仅仅一笑，他见识多了，听乡议局里懂教育的老华侨说，香港学校多注重英文，目的仅仅为了训练洋行的买办和商店职员，不在培养人才。香港大学的水平，程度连上海的高中都不如，更何况港方办的公立中学有许多限制，尤其不准谈及英国人强取香港的那段历史。

南头中学,前身是新安县最高学府凤岗书院,创设于嘉庆六年(1801),是新安县的科举场所。至清末废科举，光绪三十二年(1906)书院改学府，为新安县最知名师资最好、格调最高的中学。

罗奕辉要让儿子上这最好的学堂,中国人的一个“孝”字，父亲做主，天经地义。

或许，正因为漂泊在外多年，才会紧紧地护着流淌在血管里的，无法更改的华人血脉。即使千年万年，即使远离故土，即使只剩下一丝挂念，根在中国……

罗汝澄兄弟3人已经按照父亲的意见，在香港办领了“出世纸”，日后到国外打理那些商铺。正因为这，父亲就得种牢种稳这祖祖辈辈的根。有不少华侨,在国外养儿育女,可孩子到了读书年龄非送回国内不可，就为了孩子读祖宗的书，记得自己的根。

像所有同龄人一样，中学生罗汝澄的求知欲旺盛，寄宿在校令他有更多的时间看书，看世界，看中国，看香港，看新界，看天下一切他不懂的事物。

他渐渐看明白了大榕树下那些口口相传的父辈故事。

他越来越喜欢沉思，原来自己出生在这样的土地上。

版　图

从1843年6月《南京条约》开始，从割占的77.5平方公里的港岛开始，以后短短的50多年，原属中国的土地，被英国人不断侵蚀，版图不断缩小。

1860年10月，强行割占九龙半岛，也就是九龙半岛今界限街以南，包括昂船洲在内面积11.1平方公里（包括后来填海范围）。

1898年7月，新界被强行租借99年，租借地陆地面积977.4平方公里，水域面积较前扩张四五十倍。

就连今日的宝安县城南头也被英军攻占过，而深圳，就在新界被强行租借后，还曾经被占领半年之久。

亲历过这片土地抗争和沉沦的人，有多尴尬有多屈辱有多纠结？

从此，他返回沙头角，走在中英街的时候，脚步被胁迫在这些界碑之中。

罗汝澄的兄弟姐妹，口口相传的反抗精神也就像基因，流动在血液，种植在细胞。正因为这，他们对强暴对侵略有着先天的敏感，而反抗也更为勇敢且呈现家族的整体性。

他们承载着家族，承载着历史，承载着民族。

他们，也在承载中想明白了父亲的种种，想明白大家看不懂的种种。中国这艘巨大的船，他们是船上的人。希望船不沉，做一个船上的中国人多苦多难，拼死拼活，去护去救……

沙头角中英街，该是1949年之后的日子，街的那边站了个英国警察，街的这边飘了一面五星红旗，零星的人和破烂的街还有街中央的界碑。这一分为二的界碑，这几百米长的小街，就像殖民者留在这个世界上的一根小小尾巴。（深圳市史志办资料）

位于西贡斩竹湾的东江纵队港九独立大队纪事碑，它永远打开，在告诫人们：珍重和平。（张黎明 摄）

父亲肚子里还有许多故事……来不及说了。1937 年，他们的父亲，53 岁之年，那劳累已经超出负荷的身体，突然倒下，急病身亡。

幸运的是，他的孩子们已经知道，根在中英街。

西贡斩竹湾抗日英烈纪念碑。站在纪念碑前，或战友或百姓，每一年都怀着遗憾，怀着等待，他们和九泉之下的英魂有生死约定：别忘记——香港沦陷时期，坚持了3年零8个月抗争的港九大队。

香港回归前，英国殖民政府的抗战烈士名册中，没有一位在香港坚决抵抗日本侵略的港九大队烈士的英名存在。

于是就有了自发的港九新界各界人士，在沙头角、乌蛟腾、西贡建立了抗日英烈纪念碑，每年举行谒碑仪式。（张黎明 摄）

肩在我们中国共产党人的肩上。广东东江，是我党第一、二次国内革命战争时期开展武装斗争的重要地区，东江人民具有光荣的革命传统。抗战爆发后，这里的人民响应中国共
拿起武器，奋起抗击敌人。日军大亚湾登陆的第二天，八路军驻香港办事处主任、中共广东省委委员廖承志同志，根据党中央关于要在东江敌后开辟抗日游击区的指示，召集中共
七你合适，你是外地人，语言不通，人生地疏；我是惠阳人，语言通，了解情况。”我还说：“1935年，我在中山大学读书时，以中山大学师生员工抗日救国会负责人的身份，参
明同志带领一批党员和积极分子回到我的家乡惠阳县坪山，组建中共惠（阳）宝（安）工作委员会，组织人民抗日武装。10月底，成立中共惠宝工委，由我任工委书记，属中共广
东莞中心县委和增城、宝安的党组织，在东莞、增城、宝安等地先后建立了我党掌握的人民抗日武装，多次和敌人作战。1939年初，东（莞）宝（安）地区的人民抗日武装，整编
的支持下，我们这两支人民抗日武装积极打击敌人。先后收复了淡水镇、葵涌、沙鱼涌和宝安县城南头等失地。在淡水镇建立了东江地区第一个抗日民主政权，从敌人手里收复了
我们。而且把儿女送回来，参加我们的游击队。惠宝人民抗日游击总队的经济来源，全部靠港澳同胞和海外侨胞的支援。1939年初，海外华侨经宋庆龄同志转给我们游击队的捐款
们在国际上宣传我党我军抗战的主张和战绩，争取国际友人对我抗战的同情和支援。党中央对我们这支初建的人民抗日武装非常重视和关怀；从延安等地抽调梁鸿钧、李松（李振
的斗争和统战工作，取得了国民革命军第四战区的统一番号，惠宝人民抗日游击总队改为“第四战区东江游击指挥所第三游击纵队新编大队”（简称“新编大队”）；东宝惠边人
独立自主，不受国民党的限制，拒绝其拉拢腐蚀，坚决依靠人民群众，坚持独立自主的敌后游击战争。部队在斗争中迅速发展，到1939年底，我们两支部队发展到近700人。在国
日武装进攻，企图一举消灭我们。两部突围后，向海丰、陆丰和惠东转移时，遭到国民党顽军的围追堵截，损失严重，最后两部仅剩下100余人。正当我们部队处于生死存亡的危
，给我们指明了前进的方向。我们遵照党中央的指示，返回东惠前线敌后地区，投入新的战斗。1940年8月，中共广东省委遵照党中央加强对曾、王部队领导的指示，派省委常委
展独立自主的游击战争，建立抗日根据地的方针。决定将东江地区的人民抗日武装，合编为广东人民抗日游击队第三、第五大队。我和王作尧同志分别担任大队长，林平兼任两个
下坚实的思想基础，是东江纵队发展史上的一个重要的转折点。部队进入大岭山区和阳台山区之后，我们执行了上下坪会议的决定，在党的领导和广大群众的支持下，积极打击敌
濑大队和伪军600余人，围困在百花洞山地梅林村后面、大公岭西南、髻岭东南一带达两昼夜，击毙日军大队长长濑以下50余人，取得百花洞战斗的胜利。广州日军首脑哀鸣：“
在和日、伪、顽的激烈斗争中发动群众，组织民兵，建立乡村抗日民主政权。到1941年秋，部队发展到1500余人，武装民兵千余人，建立了大岭山区和阳台山区两个抗日游击根
击基地，成立了港九大队。为开展海上游击战争，我们先后建立了海上中队和护航大队。在陆地和海上积极打击敌人，袭击敌人的交通运输，有力支持了东江地区的抗日游击战争
民主人士何香凝、柳亚子、邹韬奋、茅盾、胡绳、戈宝权、张友渔、千家驹、于伶、丁聪等七八百人，并护送他们安全到达大后方。他们中的许多人在我解放区宝安县白石龙村逗
，挥笔书写了《东江民报》的报头；茅盾也为《东江民报》的副刊题名为“民声”。邹韬奋临别时还送给我一张写有“为民先锋”的条幅，表达了他对我们的鼓励和期望。被抢救
民族统一战线和国际反法西斯统一战线，起到了积极的作用，得到党中央的表扬。1942年春，根据中共南方工作委员会的指示，成立广东人民抗日游击总队，总队长梁鸿钧，政委
进犯，日、伪军也频频配合向我夹击，妄图消灭我军。由于日、伪、顽的进攻，加上1942年严重灾荒，我解放区军民处境十分困难。我们贯彻执行了中共中央南方局书记周恩来同
动袭击敌人，拔除了广九铁路和宝（安）太（平）、莞（城）太（平）沿线日伪军的一批据点；护航大队夜袭大亚湾马鞭岛，全歼伪海军反共救国军第一总队第四中队；独立第二中
。我们惠东宝抗日游击根据地，处于广州到九龙的广九铁路南段两侧，地位十分重要，特别是1943年冬，日军太平洋战场陷入困境，急需以广州和香港为基地，支持太平洋战争，
在人民群众的大力配合下，经过一个多月的顽强战斗，粉碎了敌人大规模的“扫荡”，收复了大片失地，扩大和巩固了根据地。我惠东宝根据地的建立和巩固，卡住了广九铁路这
发展到7个大队，打开了东江地区抗日游击战的新局面。1943年12月2日，为了适应形势的发展和斗争的需要，党中央指示把广东人民抗日游击总队的番号，改为广东人民抗日游
纵队成立后，号召全军乘胜前进，广泛开展游击战争，扩大游击区，壮大我军力量，迎接反攻的到来。全军开展杀敌、扩军竞赛。仅广九铁路以西的部队，就歼敌20多个连，迫使
亚湾独立中队在海上袭击敌船，俘获日军武装运输船，缴获大批重要物资，并向稔平半岛出击，打垮伪海军陆战队一个大队。为扩大游击区，纵队派出一支部队挺进增城、博罗、
出：“敌第五十七师团在广九沿线，由我游击队抗击其百分之七十。”我军已成为东江地区抗击日军的主要力量。在抗战七周年的时候，党中央和中央军委给东江纵队和琼崖纵队
传来，给我们全体指战员极大的鼓舞和鞭策。1943年12月2日，根据中共中央指示，广东人民抗日游击队东江纵队宣布成立，至今已四十年了。回忆东江纵队的战斗历程，东江
丧失信心，领导华南人民抗战的重任，责无旁贷地落在我们中国共产党人的肩上。广东东江，是我党第一、二次国内革命战争时期开展武装斗争的重要地区，东江人民具有光荣的革
、增城等地的人民，在中国共产党的领导下，纷纷拿起武器，奋起抗击敌人。日军大亚湾登陆的第二天，八路军驻香港办事处主任、中共广东省委委员廖承志同志，根据党中央关
游击战争。我对吴有恒同志说：“回东江打游击我比你合适，你是外地人，语言不通，人生地疏；我是惠阳人，语言通，了解情况。”我还说：“1935年，我在中山大学读书时，以
志同意我的要求。10月24日，我和谢鹤筹、周伯明同志带领一批党员和积极分子回到我的家乡惠阳县坪山，组建中共惠（阳）宝（安）工作委员会，组织人民抗日武装。10月底，
宝沿海地区开展抗日游击战争。在此之前，中共东莞中心县委和增城、宝安的党组织，在东莞、增城、宝安等地先后建立了我党掌握的人民抗日武装，多次和敌人作战。1939年初
伍共200余人。在党的领导和东江广大人民群众的支持下，我们这两支人民抗日武装积极打击敌人。先后收复了淡水镇、葵涌、沙鱼涌和宝安县城南头等失地。在淡水镇建立了东
侨和港澳同胞不仅从精神上、财力物力大力支持我们。而且把儿女送回来，参加我们的游击队。惠宝人民抗日游击总队的经济来源，全部靠港澳同胞和海外侨胞的支援。1939年初
同海外华侨和港澳同胞保持密切的联系。通过他们在国际上宣传我党我军抗战的主张和战绩，争取国际友人对我抗战的同情和支援。党中央对我们这支初建的人民抗日武装非常重
期，根据党中央和省委指示的精神，经过一系列的斗争和统战工作，取得了国民革命军第四战区的统一番号，惠宝人民抗日游击总队改为“第四战区东江游击指挥所第三游击纵队
。在作战行动、军政训练、干部任免和经济上均独立自主，不受国民党的限制，拒绝其拉拢腐蚀，坚决依靠人民群众，坚持独立自主的敌后游击战争。部队在斗争中迅速发展，到
六师和地方武装3000余人。向我们两支人民抗日武装进攻，企图一举消灭我们。两部突围后，向海丰、陆丰和惠东转移时，遭到国民党顽军的围追堵截，损失严重，最后两部仅剩
，也不怕打磨擦仗。这个指示就如黑夜的明灯，给我们指明了前进的方向。我们遵照党中央的指示，返回东惠前线敌后地区，投入新的战斗。1940年8月，中共广东省委遵照党中
的经验教训，确定了坚持在惠、东、宝敌后开展独立自主的游击战争，建立抗日根据地的方针。决定将东江地区的人民抗日武装，合编为广东人民抗日游击队第三、第五大队。我
，增强了团结，提高了斗志，为部队的发展打下坚实的思想基础，是东江纵队发展史上的一个重要的转折点。部队进入大岭山区和阳台山区之后，我们执行了上下坪会议的决定，
民兵的配合下，把进犯我大岭山区的日军长濑大队和伪军600余人，围困在百花洞山地梅林村后面、大公岭西南、髻岭东南一带达两昼夜，击毙日军大队长长濑以下50余人，取得
争的同时，还打退了国民党顽军多次进犯。我们在和日、伪、顽的激烈斗争中发动群众，组织民兵，建立乡村抗日民主政权。到1941年秋，部队发展到1500余人，武装民兵千余
争。在港、九敌后，组织了民兵，建立了抗日游击基地，成立了港九大队。为开展海上游击战争，我们先后建立了海上中队和护航大队。在陆地和海上积极打击敌人，袭击敌人的
从日军的严密封锁下，先后抢救出文化界人士和民主人士何香凝、柳亚子、邹韬奋、茅盾、胡绳、戈宝权、张友渔、千家驹、于伶、丁聪等七八百人，并护送他们安全到达大后方
我军的政治工作。邹韬奋对我们的报纸特别关心，挥笔书写了《东江民报》的报头；茅盾也为《东江民报》的副刊题名为“民声”。邹韬奋临别时还送给我一张写有“为民先锋”
，在国内外产生很好的影响，对扩大和加强抗日民族统一战线和国际反法西斯统一战线，起到了积极的作用，得到党中央的表扬。1942年春，根据中共南方工作委员会的指示，成
的顽军勾结日、伪军大规模地向我解放区猖狂进犯，日、伪军也频频配合向我夹击，妄图消灭我军。由于日、伪、顽的进攻，加上1942年严重灾荒，我解放区军民处境十分困难。
了反顽斗争的胜利。从1943年春起，我们主动袭击敌人，拔除了广九铁路和宝（安）太（平）、莞（城）太（平）沿线日伪军的一批据点；护航大队夜袭大亚湾马鞭岛，全歼伪海
挺；争取了伪军一个营和两个连分别起义、投诚。我们惠东宝抗日游击根据地，处于广州到九龙的广九铁路南段两侧，地位十分重要，特别是1943年冬，日军太平洋战场陷入困境
又对我宝安根据地实行“多路围攻”。我军在人民群众的大力配合下，经过一个多月的顽强战斗，粉碎了敌人大规模的“扫荡”，收复了大片失地，扩大和巩固了根据地。我惠东
年作战，共歼日、伪、顽军千余人，我部队发展到7个大队，打开了东江地区抗日游击战的新局面。1943年12月2日，为了适应形势的发展和斗争的需要，党中央指示把广东人民
，宣布我军是中国共产党领导的部队。东江纵队成立后，号召全军乘胜前进，广泛开展游击战争，扩大游击区，壮大我军力量，迎接反攻的到来。全军开展杀敌、扩军竞赛。仅广
使日军陷于惶惶不安的困境；护航大队和大亚湾独立中队在海上袭击敌船，俘获日军武装运输船，缴获大批重要物资，并向稔平半岛出击，打垮伪海军陆战队一个大队。为扩大游
，八路军参谋长叶剑英在延安发表讲话时指出：“敌第五十七师团在广九沿线，由我游击队抗击其百分之七十。”我军已成为东江地区抗击日军的主要力量。在抗战七周年的时候，
为敌后三大战场之一。”党中央的指示传来，给我们全体指战员极大的鼓舞和鞭策。1943年12月2日，根据中共中央指示，广东人民抗日游击队东江纵队宣布成立，至今已四十年
群众对腐败无能的国民党政府和军队丧失信心，领导华南人民抗战的重任，责无旁贷地落在我们中国共产党人的肩上。广东东江，是我党第一、二次国内革命战争时期开展武装斗
蹄踏进东江土地时，惠阳、东莞、宝安、增城等地的人民，在中国共产党的领导下，纷纷拿起武器，奋起抗击敌人。日军大亚湾登陆的第二天，八路军驻香港办事处主任，中共广

相关文献

坚持华南战场抗战的一面旗帜（节选）

——回忆东江纵队的战斗历程

曾　生

1938年10月12日，日本侵略军在大亚湾登陆……

登陆的第二天，八路军驻香港办事处主任、中共广东省委委员廖承志同志，根据党中央关于要在东江敌后开辟抗日游击区的指示，召集中共香港市委书记吴有恒同志和我（当时任中共香港海员工作委员会书记）研究回东江开展敌后抗日游击战争的问题。我们两人都争着要回东江组织抗日武装开展敌后抗日游击战争。我对吴有恒同志说："回东江打游击我比你合适，你是外地人，语言不通，人生地疏；我是惠阳人，语言通，了解情况。"我还说："1935年，我在中山大学读书时，以中山大学师生员工抗日救国会负责人的身份，参加组织广州学生举行抗日示威游行，被国民党当局赶出了校门。为寻找中国共产党的组织，来香港做海员工作。现在家乡沦陷，我有责任回乡组织群众，救国救民。"廖承志同意我的要求。10月24日，我和谢鹤筹、周伯明同志带领一批党员和积极分子回到我的家乡惠阳县坪山，组建中共惠（阳）宝（安）工作委员会，组织人民抗日武装。10月底，成立中共惠宝工委，由我任工委书记，属中共广东南特委领导。12月2日，在叶挺将军的家乡惠阳县淡水周田村，成立惠宝人民抗日游击总队[我任总队长，周伯明任政治委员，郑晋（郑天保）任副总队长兼参谋长]，在惠宝沿海地区开展抗日游击战争。在此之前，中共东莞中心县委和增城、宝安的党组织，在东莞、增城、宝安等地先后建立了我党掌握的人民抗日武装，多次和敌人作战。1939年初，东（莞）宝（安）地区的人民抗日武装，整编为东宝惠边人民抗日游击大队。王作尧任大队长，何与成任政训员，黄高阳任党总支书记。他们在广九铁路中段和宝（安）太（平）公路沿线开展敌后游击战争。两支队伍共200余人。

在党的领导和东江广大人民群众的支持下，我们这两支人民抗日武装积极打击敌人。先后收复了淡水镇、葵涌、沙鱼涌和宝安县城南头等失地。在淡水镇建立了东江地区第一个抗日民主政权，从敌人手里收复了广东第一座县城。特别是收复葵涌、沙鱼涌，恢复了内地与香港和南洋重要的交通口岸。我们保护商旅安全，得到广大群众、海外华侨和港澳同胞的拥护和支持。广大华侨和港澳同胞不仅从精神上、财力物力大力支持我们。而且把儿女送回来，参加我们的游击队。惠宝人民抗日游击总队的经济来源，全部靠港澳同胞和海外侨胞的支援。1939年初，海外华侨经宋庆龄同志转给我们游击队的捐款一次就达港币20万元。华侨子弟和港澳爱国青年先后回来参加我们游击队的达1 000人以上，对我们部队的建立和发展起了很大作用。我们保护归侨、侨眷的利益，始终同海外华侨和港澳同胞保持密切的联系。通过他们在国际上宣传我党我军抗战的主张和战绩，争取国际友人对我抗战的同情和支援。

……

1940年8月，中共广东省委遵照党中央加强对曾、王部队领导的指示，派省委常委、东江特委书记林平（尹林平）担任我两支部队的领导。9月，他在宝安县的上下坪村召开了部队的干部会议。根据党中央“五·八”指示的精神，总结部队东移海、陆丰的经验教训，确定了坚持在惠、东、宝敌后开展独立自主的游击战争，建立抗日根据地的方针。决定将东江地区的人民抗日武装，合编为广东人民抗日游击队第三、第五大队。我和王作尧同志分别担任大队长，林平兼任两个大队的政委，梁鸿钧负责军事指挥。第三、第五大队分别进入东莞县的大岭山区和宝安县的阳台山区，建立抗日根据地。这次会议，贯彻了党中央指示的精神，确定了方针，增强了团结，提高了斗志，为部队的发展打下坚实的思想基础，是东江纵队发展史上的一个重要的转折点。

部队进入大岭山区和阳台山区之后，我们执行了上下坪会议的决定，在党的领导和广大群众的支持下，积极打击敌人，清匪锄奸，打退日、伪、顽多次进攻。1940年11月，第三大队在黄潭打退日军200多人的进攻，毙伤敌数十名，这是我部返回敌后的第一仗，影响很大。1941年6月在民兵的配合下，把进犯我大岭山区的日军长濑大队和伪军600余人，围困在百花洞山地梅林村后面、大公岭西南、髻岭东南一带达两昼夜，击毙日军大队长长濑以下50余人，取得百花洞战斗的胜利。广州日军首脑哀鸣:“这是进占华南以来最丢脸的一仗”。第五大队在宝安县粉碎了敌人先后出动1 000余人的“扫荡”，毙伤日军大佐指挥官以下70余人，取得反“扫荡”的胜利。在与日、伪斗争的同时，还打退了国民党顽军多次进犯。我们在和日、伪、顽的激烈斗争中发动群众，组织民兵，建立乡村抗日民主政权。到1941年秋，部队发展到1 500余人，武装民兵千余人，建立了大岭山区和阳台山区两个抗日游击根据地。

1941年12月8日，日军偷袭珍珠港，发动太平洋战争，同时进攻香港，我们第三大队和第五大队立即派出部队挺进香港、九龙地区，开展港、九敌后的抗日游击战争。在港、九敌后，组织了民兵，建立了抗日游击基地，成立了港九大队。为开展海上游击战争，我们先后建立了海上中队和护航大队。在陆地和海上积极打击敌人，袭击敌人的交通运输，有力支持了东江地区的抗日游击战争。

日军占领香港之后，广东人民抗日游击队遵照党中央的指示，在廖承志的领导下，不怕艰险，深入港、九市区，抢救被困留在香港的重要文化界人士和民主人士。我军从日军的严密封锁下，先后抢救出文化界人士和民主人士何香凝、柳亚子、邹韬奋、茅盾、胡绳、戈宝权、张友渔、千家驹、于伶、丁聪等七八百人，并护送他们安全到达大后方。他们中的许多人在我解放区宝安县白石龙村逗留期间，对我军的政治工作和战士的文化学习帮助很大，他们给战士上文化课，给干部讲哲学、政治经济学和国内的形势报告。胡绳、戈宝权、黎澍等同志还直接参加了我军的政治工作。邹韬奋对我们的报纸特别关心，挥笔书写了《东江民报》的报头；茅盾也为《东江民报》的副刊题名为“民声”。邹韬奋临别时还送给我一张写有“为民先锋”的条幅，表达了他对我们的鼓励和期望。被抢救出来的还有国民党第七战区司令余汉谋夫人和陈汝棠等国民党官员和眷属，以及美、英、荷、比、印、俄等国的国际友人近百人，连同港九同胞和侨商、侨眷不下万余人，在国内外产生很好的影响，对扩大和加强抗日民族统一战线和国际反法西斯统一战线，起到了积极的作用，得到党中央的表扬。

……

从1943年春起，我们主动袭击敌人，拔除了广九铁路和宝（安）太（平）、莞（城）太（平）沿线日伪军的一批据点；护航大队夜袭大亚湾马鞭岛，全歼伪海军反共救国军第一总队第四中队；独立第二中队在东江北岸的罗浮山区开辟抗日游击区，向增城、从化、番禺方向发展，活动到广州市近郊；我主力大队首次爆破攻坚，炸毁福永炮楼，全歼固守的伪警中队，缴机枪6挺；争取了伪军一个营和两个连分别起义、投诚。

我们惠东宝抗日游击根据地，处于广州到九龙的广九铁路南段两侧，地位十分重要，特别是1943年冬，日军太平洋战场陷入困境，急需以广州和香港为基地，支持太平洋战争，为此，发起打通广九铁路战役。国民党顽军闻风而逃。11月中旬，日伪出动9 000余人，号称万人“扫荡”，在空军配合下，对我东莞大岭山根据地实行“铁壁合围”。下旬又对我宝安根据地实行“多路围攻”。我军在人民群众的大力配合下，经过一个多月的顽强战斗，粉碎了敌人大规模的“扫荡”，收复了大片失地，扩大和巩固了根据地。我惠东宝根据地的建立和巩固，卡住了广九铁路这条敌人交通运输的大动脉，使之始终无法正常通车，破坏了日军的战略部署，支持了南洋各地人民和盟军的对日作战。敌人惊呼“广州和香港之间地区是治安之癌”。统计一年作战，共歼日、伪、顽军千余人，我部队发展到7个大队，打开了东江地区抗日游击战的新局面。

1943年12月2日，为了适应形势的发展和斗争的需要，党中央指示把广东人民抗日游击总队的番号，改为广东人民抗日游击队东江纵队（简称“东江纵队”），下辖7个大队。我任司令员兼参谋长，林平任政委，王作尧任副司令员，杨康华任政治部主任。公开发表成立宣言和领导人的就职通电，宣布我军是中国共产党领导的部队。

东江纵队成立后，号召全军乘胜前进，广泛开展游击战争，扩大游击区，壮大我军力量，迎接反攻的到来。全军开展杀敌、扩军竞赛。仅广九铁路以西的部队，就歼敌20多个连，迫使伪军一个营和一个暂编团投诚；港九大队不断袭击敌人的岗哨、巡逻队和海上敌船，炸毁了日军启德机场的油库、飞机和破坏九龙的第四号火车铁桥，在市区大量散发传单，使日军陷于惶惶不安的困境；护航大队和大亚湾独立中队在海上袭击敌船，俘获日军武装运输船，缴获大批重要物资，并向稔平半岛出击，打垮伪海军陆战队一个大队。为扩大游击区，纵队派出一支部队挺进增城、博罗、从化、番禺边区及广州外围，袭击广州郊区罗岗等敌人据点，解放了广州近郊龙眼洞，消灭伪军一个连。游击队活动到广州市的白云山下，威胁广州的敌人。1944年6月22日，八路军参谋长叶剑英在延安发表讲话时指出："敌第五十七师团在广九沿线，由我游击队抗击其百分之七十。"我军已成为东江地区抗击日军的主要力量。在抗战七周年的时候，党中央和中央军委给东江纵队和琼崖纵队全体指战员的电报中指出："你们在华南沦陷区组织和发展了敌后抗战的人民军队和民主政权，至今已成为广东人民解放的旗帜，使我党在华南的政治影响和作用日益提高，并成为敌后三大战场之一。"党中央的指示传来，给我们全体指战员极大的鼓舞和鞭策。

1944年7月，《美亚杂志》发表题为《东江纵队与盟国在太平洋的战略》一文中指出：东江纵队是"纪律良好，经验丰富，获得地方居民及国外爱国团体支持的一支很强的军队"。10月，美军派欧戴义到东江来找我们，要求与我们合作，共同建立情报站，侦察敌情，收集情报资料，为盟军空军对日作战及将来配合我反攻时在华南登陆作战做准备。我们经请示中央同意，并按照党中央的指示和盟军合作，共同设立情报站和电台，向盟军提供有关日军的情报。由于我们的情报工作人员的努力，收集到许多重要的情报资料，经请示党中央同意，提供给盟军对日作战，得到美国第十四航空队队长陈纳德将军和在华美军司令部的赞誉。他们认为"在质与量都非常优越"，"对美军战略部队在中国的组织成功，有着决定性的贡献"。

……

1945年8月中旬，日本宣布无条件投降。朱德总司令命令华南日军派代表到东莞地区，由我代表华南抗日游击队受降。在美帝国主义和蒋介石的阻挠下，各地日、伪军拒绝向我军缴械，我解放区军民执行朱德总司令的命令，坚决向一切拒绝投降的敌人开展进攻。至9月底，经过激烈的战斗和政治攻势，解放了东江两岸、沿海地区和粤北等地的城镇60余处，缴获一批武器和物资，收复大片国土。

在八年抗战中，我们这支远离党中央，远离八路军、新四军主力，孤悬敌后，处于敌伪和国民党顽军夹击的人民抗日武装，在党中央和广东党组织的领导下，从无到有，从小到大，逐步发展成为一支拥有1.1万余人的队伍，组织民兵1.2万余人。它转战东江两岸、港九敌后、粤北山区和韩江地区的39个县市；在大鹏湾、大亚湾海域英勇打击敌人，控制着数百里的海岸线和通往香港的交通要道，威胁着敌占大城市广州和香港，收复大片国土。我们在东江和北江解放区，先后建立了东宝行政督导处、路东行政委员会、惠东行政督导处、博罗县人民政府、海丰县民主政府以及北江东岸抗日动员委员会等抗日民主政权。根据地和游击区的总面积6万余平方公里，人口450万以上。对日、伪军作战1 400余次，毙伤日、伪军6 000余人，俘虏、投诚3 500余人，反击顽军作战600余次，共缴获各种武器6 500余件，大量歼灭敌人的有生力量，牵制了敌人的大量兵力，破坏敌人的交通运输和通信联络，严重威胁着日军的南海防线，积极配合全国抗日战场和盟军的反攻作战。东江纵队成为中外共知的一支坚强的抗日武装，成为华南抗日战场的一支主要力量，为抗日战争的胜利作出了一定的贡献。

……

东江纵队的历史证明：它是在中国共产党领导下，以八路军、新四军为榜样建立和发展起来，由工人、农民、革命知识分子、港澳同胞和华侨爱国青年所组成，高举抗日旗帜，坚持团结抗战，坚持独立自主原则，在艰苦的抗战中发展壮大的人民抗日武装队伍。

东江纵队的历史表明：它是伟大的中国人民军队的一支光荣部队，这光荣应归于党，归于人民，归于为国捐躯的革命先烈。

（作者是原广东人民抗日游击队东江纵队司令员，离休前任交通部部长。原载《南北征战录》，广东经济出版社1998年版。节选自《东江纵队志》编辑委员会：《东江纵队志》，解放军出版社2003年版，第6-18页）

紧急抢救（节选）

王作尧

敌后紧急抢救的工作开始了。在港、九地区活动的武工队员、交通员们接受了任务，意识到时间紧迫，刻不容缓，立即化装分头摸进了市区。

在香港担负组织抢救工作的同志们，很快地和一批著名的文化人联系上，帮助他们化装成客商、海员、医生、太太、工人、小贩等，反复转移住地，避开敌人的耳目，摆脱敌人的监视追踪。1月9日夜晚，当交通员进入市区后，马上带着第一批化装成难民的文化人来到铜锣湾上了小船。在月色朦胧的海面上，小船绕过密密麻麻的大小船只,停泊到铜锣湾最外头，静候着偷渡的时机。第二天拂晓前，当铜锣湾出口处守卫的日军哨兵换岗时，小船就飞快地冲出了湾口。小船上的船工都是熟悉当地情况的同志，他们让文化人们藏在舱板下，沉着应付各种突然出现的情况，终于不失时机地把小船划过敌人封锁线。天蒙蒙亮，小船就到达九龙红磡了。上岸后，再掏出钱来应付一下那些专向偷渡者索取“买路钱”的“烂仔”，“偷渡”就成功了。就这样，几天之内，在香港的几百名文化人，安全地转移到九龙我们部队的交通站来了。接着，交通站的同志便负起带他们来白石龙的任务。11日清晨，第一队文化人离开九龙向青山道出发，这一队有茅盾、邹韬奋、戈宝权、叶以群、于伶等数十人。青山道是难民们回内地必经之路，他们化装成难民的样子，有的身上背一小袋米,有的带些简单的包袱，把眼镜、钢笔这些知识分子用的东西都收藏起来，在我们最好的交通员谢愚照、赵林的带领下，经荃湾出元朗。我们设有茶水站，休息、用饭站。其中过一大段荒无人烟的山路时有土匪出现，偶尔跳出几个拦路打劫的“烂仔”，都被我们的警戒人员缴了械。因此，这段路还是比较顺利地通过了。

在赤尾过了河，要通过日军的一道封锁线，这是比较危险的一关。因这些文化人中象邹韬奋这样的著名人士，不但是国民党顽固派密令“就地逮捕与惩办”的对象，日军对他们也是恨之入骨的，在这段路上，就由我们的“白皮红心”的伪维持会长出面掩护，替他们办理证件，证明他们是回石龙镇的难民。在维持会长的照应下，通过一段七里路的沦陷区到达梅林村，接着登上梅林坳，走下山坡就到了望天湖村。这时候，领路的交通员轻快地哼起大家熟悉的《游击队歌》，文化界的同志们立即醒悟到这是到家了。他们欣喜若狂，忘记了长途跋涉的疲劳，直奔上前面林木茂密的山岗上大声欢呼起来，就连在路上扭伤了脚的邹韬奋也不例外。

在密密的林荫下，出现了一间小小的两层白色楼房，那就是我们设在白石龙村的指挥部，我们就在这间小楼里迎接了第一批脱险的文化人。

在这一条秘密交通线上，我们的同志冒着生命危险穿梭般地奔走于其间，克服了重重困难，终于一批接一批地把文化界人士安全地送到白石龙村。

在抢救文化人的过程中，我们的战士遇到了很多困难,如经费不足，敌情发生变化，与外省的文化人之间语言不通等等。但是，无论遇到什么艰难险阻，他们都想尽办法完成党交给的任务，甚至牺牲自己的生命，也在所不惜。一路上，文化人为了减轻负荷，往往把行李一件一件地丢掉，战士就一件一件拾起来自己背着，一直送到目的地。他们的一举一动，使许多文化人为之感动。有一次，我们有一个姓郑的小交通员，在大鹏半岛一个秘密交通站掩护两位作家，等待接应的同志到来。可是，出现了意外情况，日伪军开始了连续三天的扫荡，他们三人被困在一个山洞里，无法出去取粮食，小郑把身上仅有的五条番薯全给了两位作家，自已推说吃过了。待到第四天，他刚刚把两位作家交给来接应的同志，眼前一片漆黑，昏过去了。许多著名的作家拿起笔来,热情赞颂这些平凡无私的战士。

……

这次规模宏大的敌后抢救工作，前后经历了三个多月时间。从日本占领军统治下的香港抢救出来的，除了民主人士、文化人八百多名以外，还有数千名工人、学生以及英印军官和各国留港人员。同时，还救济了难胞一万人以上。在全国，在海外华侨中，以致在国际上都很有影响，成为举世瞩目的事情。为此，我们得到了党中央来电嘉奖。

（节选自王作尧：《东纵一叶》。转引自本书编辑组：《胜利大营救》，解放军出版社1999年版，第46-52页）

抢救美国飞行员伊根中尉（节选）

罗雨中（柳青）

1944年春的一天早上，美国的一批飞机根据我们所提供的情报，对准香港、九龙的日寇军事目标进行轰炸，但其中一架美国飞机给日军高炮击落掉进新界海面，被我港九武工队在附近沿海活动的两个武工队员发现了。看到飞行员跳伞，他们急忙驶船赶去营救。正在此时，一艘鲒仔船也在附近海面作业，老渔民周二突然发觉一朵白云散开降落，他大声对儿子说："你们看，降落伞，一定是美国飞机师给击落了，快起网，救人要紧。海队中队长、指导员不是经常告诉我们吗，发现盟军要抢救，看到特务要抓，要迅速向部队报告。"他们父子拼命地驶帆、摇橹，儿子进船舱拿了几个鱼炮出来，以便必要时和敌人拼。帆船乘风破浪前进，快接近飞行员降落的海面，恰好两位武工队员也到达了，于是齐心合力把飞行员抢救上船。飞行员很紧张，我们武工队员一边做手势一边说："不要怕，我们来救你。"飞行员虽听不懂说什么，但从他们的举动已领会了营救他的善意，于是听从指挥，藏进船舱，很认真地把鱼网、烂被密密遮盖了身子。渔船迅速向着牛岛、鹅公——南澳方向直驶。这时日军的两艘巡逻艇咯咯咯的马达声越来越近，敌人已在海上大肆检查船只，紧张地搜捕飞行员。老渔民满有把握地叮嘱："不用慌，不用理他，扯大帆前进，快点找到海上武装船!"日军巡逻艇疯狂地逢船追查，情况十分紧张，两个武工队员的手枪、手榴弹，渔民的鱼炮都已准备好，必要时与敌人拼搏。当时海上船只较多，日军到处鸣枪威胁一切船只停驶。在这万分紧急的时刻，忽从右方闪出两条扯帹大木船，渔民一看便认出是我们海上队的武装船，高兴得跳起来：“得救了，我们海上队来了！”渔民船上的武工队员立即向中队长报告：中队长，有情况，前面有渔船求救，后面日军巡逻艇搜船。中队长下紧急命令：“大家准备战斗。指导员、中队副指挥二号船保护渔船航驶，一号船由我及陈小队长负责监视和阻击敌人。”我们准备好战斗，就开快船向鹅公海岸驶，准备在敌人追来时，我们能够很快登岸战斗，消灭敌人。但狡猾的日军追到一定距离，已发现我们是港九海上队武装船。他们早已领教过我们的伏击，怕再被消灭，不敢追来，只好掉头再继续搜查其他渔船。

我和中队长欧锋、指导员黄康、中队副王锦一起跳过渔船，两个武工队员及渔民把抢救的过程及飞行员藏在舱底的情况告诉了我们，我用英语向飞行员讲话：“我们是抗日东江纵队在港九新界地区活动的港九人民抗日游击队，是中国共产党领导下的抗日部队。奉命配合盟军打击日本侵略军。我们是朋友，是来救你的，你不用怕。”飞行员仍然不敢出来，也不说话，我又对他讲话：“你不用怕，你现在已到达很安全的抗日游击区了，我们都是同一战线的盟军，共同消灭日本法西斯，我们完全可以保护你的安全，还要送你回国去。”渔民帮着把盖在他身上的鱼网、破布拉开，让他出来，飞行员跪在船板上，双手把他的手枪递交给我们。他用半信半疑的眼光，打量着我们，然后说话了：“你们真的是打日本军的游击队?”我说：“真的，我们不会骗你，你知道我们的游击队员和渔民刚才是怎样冒着生命危险来救你的吗？他们还准备好几捆鱼炮和日寇拼命呢！你没听到刚才日军巡逻艇追来抓你，是我们正副中队长、指导员带领海上战士们把它打退，才安全把你救出来吗?现在由我们保护你，你把枪收好以作自卫，你又不是敌人，怎么要交枪呢?等一会我们登岸到中队营地休息，吃完饭后再向我们司令部曾生司令报告，请示安全护送你回国。”飞行员十分感激地与渔民父子和我们一一握手道谢。

我们到达南澳海上队的营地。这原是旧海关所在地，有多间平房。为了迎接和招待这位盟军客人，战士们腾出了一个房间，打扫得干干净净，放上几块床板，铺上厚厚的稻草，再铺上毡子床布，就变成“弹簧床”了。我们叫事务长买了鸡、十多个鸡蛋，加上自己种的鲜番茄、土豆和油粘米，我教事务长做出了杂烩西餐，招待了伊根中尉。我和正副中队长、指导员陪他一起进餐，以筷子、瓦汤匙当西餐具。他一边吃一边询问我们不少问题：你们游击队与蒋介石军队有什么不同？你们军费从那里来？你们的士兵是不是征来的？人民群众为什么和你们那么密切？等等。我根据中队长和指导员的答话,一一详细给他翻译：“我们的军队与蒋介石的军队虽统称为中国军队，但是有本质的区别，我们是由中国共产党组织和领导的抗日部队。我们的战士是为了中华民族和祖国的尊严，保护人民的利益，反对日本帝国主义侵略，而自愿要求参军的。我们的枪枝（支）弹药主要是从敌人手里缴来装备自己的，也有部分是爱国侨胞捐献给我们的。国民党政府不但不给我们经费，还重重封锁，企图卡死我们。我们靠自力更生，打击顽固派和土豪劣绅，合理征收微小行商税，以最低水平维持我们部队生活。我们官兵吃、穿、住都一致，在条件许可时，每人每月发给五角钱生活费。虽然我们生活艰苦，但从没有人叫苦，我们的战士是有志气、有骨气、对共产党和革命事业满怀信心的。我们的部队和人民如同鱼和水,我们的一言一行，人民看得清清楚楚，所以人民相信我们，拥护我们，而我们又十分相信和依靠群众，这就成为我们人民战争无穷无尽力量的源泉。我们的官兵除主要来自工农外,还有来自华侨、家庭富裕、有名望、有文化知识的人的子弟。

抗日战争初期，就有一大批青年学生、工人从南洋一带及香港回来参加我们人民抗日游击队。不要看他们目前穿着破衫破鞋，很土气，如果理了发，刮了胡子，穿上西装皮鞋，就会变成漂亮的小伙子。”这一说逗得飞行员哈哈笑个不停，他说：“是的、是的，真有意思，我十分高兴。我有个请求，我太感谢你们全体官兵了，我这里没有好报答，只有这些（指他背包）糖果饼干，请代我分给士兵们吃，以表示我微小的谢意，也表示我兄弟般的敬意。明天请允许我参观你们的营地，和战士们见见面。”“好、好，欢迎，你太累了，请休息，明天再见。”中队长说完便离开。

（节选自本书编辑组：《胜利大营救》，解放军出版社1999年版，第345-350页）

脱险杂记（节选）

茅　盾

……

因此，到了正月九日，离开香港的机会已经成熟云云，就是说，种种布置已经妥帖了。从这一天起，就开始了抗战以来（简直可说是有史以来）最伟大的“抢救”工作:在东江游击队的保护与招待之下，几千文化人安然脱离虎口，回到内地。

8日下午，和我们住在一处的Y君从街上回来，悄悄地告诉我们，明天可以过九龙去了。行李不能多带，以自己力能负荷为度，因为挑夫之类大概是找不到的。当然也得改换服装，于是都买了一套黑布的短衫裤（香港人称之为唐装的）。我和妻把行装简之又简，结果是两个小包，一个小藤筐，换言之，就是一床毛毯，几件衣服，一个热水瓶和若干零星小用品。

那时候，我们的二房东是一个宁波人，大北电报公司的职员，30来岁，已有五六个子女，最小的一个还在吃奶。香港战争爆发以后,我们迁居三次，这最后一次（第四次）的新居还是五天以前刚搬进去,和这二房东还没混熟。也许他相信，也许不相信，但我们自称为纸张及文具商人，战事爆发那天从九龙逃出来的。

为了不使二房东起疑，临走前我们编造了一个故事:有一个朋友病了，希望我们搬去同住，为他照料家里的孩子们，同时另外一个朋友要来接替我们所租的这间房。我们随便造了个假名，告诉二房东这就是要来接替的那个朋友。也许他相信，也许不相信，但二房东确是很坦然地答应了。

……

五点钟光景，“向导”来了，他是带我们过海的。他说时间还早，又告诉我们，路上有一次检查，但并不怎样苛刻。过了20来分钟，我们一行五六个人就跟着“向导”出发了。

和那后房的“主人”及另外两三位不认识的年青的男女朋友握别的时候.他们都说：“在内地再见。”原来他们办完了“撤退”也要到内地去的。

仍旧朝东走，不久，看见前面就是一个检查站了。当路拦着铁丝架，留两个缺口；四五个中国人和印度人执行检查，一个日本兵在旁监视，约有十余人分成两堆在那里受检。我们拣人少的一堆走去，希望快快检查完毕；不料立即受到了大声的呵斥，正弄得莫明其妙，我听得背后有人用上海话说道:“男女分开检查的，那边，那边！”我回头一看，说话的是一个熟朋友，戴一副黑眼镜，背一个相当大的包袱，躬着腰，象一个大蜘蛛，我们相视笑了笑，就各走各的。

虽然男女分开检查，却并无女检查员。身上不搜，只打开包袱看了看。我转脸去看妇女的一堆，沚早已过了关了,似乎他们对于妇女的检查尤其客气些。

现在已经暮色苍茫，再过一会儿就是戒严的时间到了，路上要禁止通行，我们不能不赶紧走。可是我们走不快，肩头的小包袱渐见沉重，而路又不好走。大概为了安全起见，我们的“向导”自过关后便不走大路。而在一些小巷子里穿进穿出；其实这些还不能说是小巷子，这只是两座大房子中间留出的夹缝，又仄又黑而又布满了各种各样的垃圾。在这些垃圾中间，我两次看见了婴儿的尸体;其中一个大约不满半岁，仰天躺着，上身赤裸，五官端正，肤色未变,想来死了不久。我忍不住再看一眼，就在这当儿，险些一脚踹在另一个婴儿尸体的腿上。这一个,上身好像已经被野狗们咬过。一整天来，我第一次心跳起来了。

终于我们走下崎岖不平的埠头。船就在前面。这里，大小船只极多，密密层层，挤得紧紧的。现在天色当真黑了，丈外不辨皂白。一条大船上有人出来接应了，代我们拿着小包袱。走上一条跳板的时候，听得那边又一条大船上有人连声唤着“电筒，电筒；小心呀，扶一把，”这声音很熟。这是R君。

通过一条大船，到了又一条大船上，我突然怔住了，这哪里象逃难，这简直象开会；许多熟面孔全在这里了，闹哄哄地交换着十八天香港战争中各人的经历。

这条船的前舱现在大概是拆通了，堂而皇之一大间，五六十人开个会一点不嫌拥挤；中舱用玻璃门隔成三间，居中那一间特别大,陈设颇为讲究，壁上挂着装在镜框子里的画片和对联。席地而坐，有很好的地毯和坐垫。我猜想这种船在（和）平时期大概是专门租给有钱人挟妓置酒行乐的，和无锡的花舫属于一类，不过无锡花舫即使是最大型者也比这小些。

我们被招呼在中舱的大间内休息。这里几位，全是最熟的朋友，内中就有韬奋。战争爆发的第二天，韬奋从九龙过来，曾在我的寓所过了一晚，后来我们也不得不迁居，他和另外一些从九龙来的朋友就搬到一所临时租来的房子里，也约我们同去；但我们也已经找到隐蔽的地方了，并且有另外几个朋友打伙，因此没有去。这一次会见以后，战事就越来越吃紧，大家都再迁三迁，仅辗转得到点消息，知道彼此都还平安而已。可是今晚上，大家又聚在一条船上了，那高兴是不能以言语形容的。

看见沚也同来了，韬奋似乎不胜惊异，连声说：“沈太太，你真勇敢!”接着他又想到自己的夫人和孩子们了，似乎是征询我的意见，又似乎是自己在宽慰自己，他低声说:“他们（指他的夫人和孩子们）还是随后再走吧，孩子恐怕吃不消；我都听从朋友们的意见，对于这件事，我一无经验。”

“如果我们带着孩子,大概也要分两次走的。”我们这样安慰他。“太太有人照顾么?”

“有的，有的。”他回答，接着就谈了些战争时的经历。

韬奋穿一套奶油色法兰绒的“唐装”,身材恰好适合，他指着这身衣服，说这是战争还在进行时，他住在一家咖啡馆的楼上，一侍者“情让”给他的。他们住在那咖啡馆楼上大约七八天。“后来又搬了个地方，”他说，“那就不同了，那是个贫民窟。你们住在哪里？”“我们在跳舞厅。八个朋友。那一间大厅原是我们包下来的，可是后来，跳舞厅老板娘的客人带一个舞女也挤进来了，红男绿女，整天闹哄哄，非常有趣。如果不是机关枪架在路口，我们还舍不得离开呢！”

韬奋睁大了眼不胜惊异。他万万想不到我们是这样度过了十八天的战争的。在所有我们认识的人中间，我们的战时经历，的确是最为浪漫蒂克。当炮火暂停，英国人扯了白旗的时候，我们又堂而皇之住了个大旅馆，而这旅馆的一半又被日本兵征用，日本兵曾到我们房间内看我们打牌，一个伍长还对我们大宣传其“皇军”作战目的是为了“解放”中国人，甚至殷勤地问我们有没有受惊，有没有损失。

船上开饭了，R君也进中舱来了。他告诉我们：明天一早过海到九龙那边，自有人招呼，以后进内地，沿路都有布置，可保平安，这晚上，R君也宿在船上，但他是不过九龙去的，在香港方面，他还得照料一切。

……

大约10点钟光景，到了荃湾。我们这一群数十人离开了那洪大的人流走上一条小路，爬上了山坡，又翻过一座小山，前面出现了一簇木寮，约五六份人家。“向导”把我们引进一间颇为宽敞的平屋，现成摆着十来付板桌和条凳，倒也十分干净，象是茶馆，但那些饭桌却是全新的。

“向导”说:休息一会儿，吃了中饭再走吧。

接着就有几个女人端进来一大桶茶水和一些粗碗。显然这都是预先准备好的。这些女人当然就住在那些木寮内，但她们和我们的“向导”似乎很熟识，一家人似的。

有几位敏感的朋友，认为这里便是游击队控制的地区，顿时大为高兴，想不到竟那么容易就脱离虎口了。

“这里现在是三不管，”另有人说，他知道实际情形更多些。“不过，游击队也常常来的。”

于是想象力丰富的朋友又猜想，这五六份人家和这茶馆棋样的平屋，大概就是梁山泊的“朱贵酒店”一类的东西了。

一会儿，饭来了。这是红米煮的饭。每桌有两三个菜，居然有少许的腊肠和咸鱼。“向导”表示抱歉，因为没有白米饭，可是大家觉得红米饭很新奇，并且也饿了，都努力加餐。红米饭很香，我到现在还时时回味着这不平凡的一顿饭。

饭后再上路,一开始就爬上一座较高的山。这是一座石骨崚嶒的童山。那时候，太阳正在头顶，肚子里新加的燃料（红米饭）也要发出热来,我们这一群爬到半山，便都把唐装里边的绒线衫之类脱下，但还是汗流满面。现在我们这队伍极象是一群溃兵，五六十人拉满了一个山头，三三两两，走在最前的几位已经到了山顶，便躺在草上休息，落在最后的还在半山腰，却也躺下来休息。

在山顶纵目四望，看见了海，也可以看见那条到元朗去的公路上，蚂蚁似地蠕动着的人流。山上光秃秃，连极小的生长在石缝的岩松也少有，因而一眼看去，就只见那或在往上爬或躺在地下的数十人——这就是我们的一群，整个山头就只有我们数十人，没有其他的人。

我随身带有热水瓶，今天早上装满了开水，这时依然很热，到了山顶休息的时候，几个人抢着，一下就把这烫嘴的一瓶水统统喝光了。然而不料热水也和盐水一样，喝了会增加口渴。有人发现了山坳有小小的山泉，在一个圆桌面大小的石潭内汇成一泓，看样子十分清净。不管三七二十一，喝了再说。又把那喝空的热水瓶也装满了。

翻过了山头，我们走进一个草木茂盛的深谷。矮小的岩松杂生在丰草之中，羊齿类的灌木常常打着人们的面孔，这里几乎没有路，也不辨方向。下坡路很滑，旁边的崖谷虽不甚深，要是跌下去当然也很糟糕。在这样的境地，我们这一队人无论如何也保持不了整齐的队形了。队伍越拉越长。可是这里和山上又不同。在山上的时候，尽管队首和队尾一在山顶一在山腰，然而彼此是看得见的；现在却除了身前身后的二三人，什么也看不见。除了跟定前面的人,更无其他目标。有时前面的人走快了，中间距离太大，就有迷路的危险，那时就不得不大声叫唤，以资联络。

据说日本军就是从这条小路包抄了元朗的英军而在三天内解决了九龙半岛的战局。

从这山谷出来，又在平地上了；但其实还是丘陵地带，不过略为平坦广阔而已。我们三四人以及其他五六位，都应当排在最不会走路的一级的，总算运气没有掉队。现在我们走在一条小径上，两旁时有小丘，生满了矮小的杂树，树下野草开着黄色和淡红色的小花。朋友们都坐在路旁休息。我们当然也坐下来了。

这时候太阳已经偏西，此处又有风，坐在草地上身子往后一仰，多舒服。

忽然沚低声对我说:“你看，这是什么人?”

我回头一看，正在我们身后，稍稍高起的土堆上站着两个人，都穿的是便衣，可是一个手里有一枝盒子炮,另一个两手横执一杆新式的自动步枪。他们都向远处瞭望，神情很严肃。

“他们是来欢迎我们的。”

旁边有人说。我不认识他是谁。但另外一个却使着眼色，叫他不要多嘴。而我这时也注意到:大伙儿坐在这里都很文静，没有人唱歌，也没有交谈。可是我以为这是偶然的,并且以为这两个带枪的人是游击队派出来的步哨。

一会儿，我们的“向导”和那两个带枪的人打了个招呼，大概是和他们告到，于是大伙儿都起身走了。

……

集团出恭的人们刚去了不久，“向导”和那伪乡长突然来了，神情有点紧张，宣告日本兵马上要来点验，要大家排起队来。大家也被这突然的好消息弄慌了，高声叫喊那些集团出恭的人们赶快回来，又请“向导”派人去找那回去吃饭的四个挑夫。

又过了约莫半小时，终于来了。伪乡长之外，另外一个中国人，大概是翻译。日本兵一共四个，都带着长枪。其中一个手里拿着一张纸，原来就是我们从元朗出境时的通行证。

点过了人数，四个日本兵就分为两起，排头两个，排尾两个，吆喝着就开步走了。这一下，颇出意外，但大家自然只有跟着走。日本兵一路喊着一二，愈走愈快,大家几乎变成跑步了。这时走的路又不是来时走过的，但转眼间已经离开那村镇，面前是一片平阳草地,不远处又有小小的山。俄而到了山脚下，队伍停止了，排头的日本兵仰脸向山头上叫话，山头上也有日本兵。两下问答了几句，忽然听得排头的日本兵大声吆喝，队伍就动了。我和沚在队伍中段，我们跟着前列跑，却看见本来在排头的两个日本兵此时却站在路边，看着我们一列一列走过。于是我们知道，日本兵押送我们到此为止。

可是有人在后面喊叫，“转来，转来！”怎么？变了卦么？全队都站住了。远远只见那位“压阵”的着急地在招手。另外一位，不认识的，正和两个日本兵指手划脚地说话。四担行李放在地上,挑夫们惶惑地看着那两个兵。我们以为这是要检查行李了，倒也坦然。但接着又知道并不是检查行李，而是日本兵不许挑夫出境。行李还得自己拿。

我们那件决心要丢过一次的包袱是在那四担之内的。想想迟早要丢，便不打算去拿了。“向导”此时也叫大家站在原处不要动。行李他去照料。同时，也听得山头上那日本兵在高声吆喝,——不许我们站在那里，催我们走。于是大队慢慢地又朝前走了,却也有几个人离开行列，去弄行李。

转过那山脚,我们看见前面是一条三岔路，便停止在路旁休息。搬行李的这时也赶上来了，“向导”、“押阵”，还有那位不认识的，都背着一二件。不认识的那位好象就是本地人，现在由他带路。他用一根粗而短的棍子把那个包袱作一对儿挑着扛在肩头，其中一个就是我们的。

现在我们穿着田径走，队形没有先前那样整齐了，单行，稀密不匀，谈笑的声音渐多而且渐高了。抬头一望，横在我们面前的，是一片青翠的连峰，据说山那边就是游击区。

不知他是有意呢或者无意，那位带路的带我们在田里老兜圈子；他向田里做活的老百姓问了二次路，又被放哨在田里的日本兵喝问了一次。但在这一喝问之后，我们就离开那大片的刚收割了的稻田，走上了灌木密茂的山坡。那山坡愈走愈高，后来到了一块较为平坦的地方，大家都累了，就坐在路边休息。这里有几株大树，大家分成几股都坐在树下。这里是半山腰，据说，爬过这座山还有一座更高的山，不过那已经到“家”了。

带路的那位，任务告终，他和“向导”他们很客气地话了别，就下山回去了。这时大概也将近中午了吧？

熟悉情形的人说，还有30多里山路，安全是没有问题了，走慢些也不妨，多休息也不妨。这番话提起了不少人的勇气，因此，休息过后，再上路的时候，我们又把那准备丢掉的包袱带上了。然而在到达目的地以前，多谢认识或不认识的朋友帮了我们不少的忙。

太阳快要落山的时候,走过一条很长的小路，两旁都是茂盛的树木。这象是一条甬道，同行的人都说：到了，到了。“甬道”走完，前面是一片平地，隐约可见房屋。大概是一个村子。这时候，队伍拉得很长，散散落落，三五成群，脚力好的，一批一批从后面赶上来，越过我们去了，等到我们也进了那村子，但见断垣颓壁之下，坐的站的，全是我们这批客人，大家都很兴奋地在说笑，想不到游击区的总部所在地竟是这样平淡无奇的。

从前，这村子——不，应该说是镇罢，一定是相当繁荣的。我们看见好几个烧剩的大房子的高墙，很好的石脚，水磨砖，墙上的窗洞还有铁栅没有拆去。又看见这里那里都有几丈平方铺水泥的地，据说这是晒谷场。晒谷场有这样讲究，可想而知一定有相当富丽的住房和它相配。但现在，这一切都看不见了，现在，里把路长的石板路上（在从前，这是村内的大街），两旁仅有那高耸的断垣和那些水泥铺的晒谷场。这就是敌人“三光”政策中的一“光”。现在全村只剩下那些破烂的平屋，老百姓就在那里边摆个摊子，卖香烟、片糖，偶然也有凉薯和鸡蛋。小店墙上贴着中文和日文的标语，这是游击队写的。听说全村唯一的没有遭受严重破坏的大房子是一所教堂，同路来的朋友们有一部分后来在那里住过一个时期。这所教堂，当然只剩一个空壳，教士早已走了,信徒也已星散，家具更不用说早已荡然无存，但单看那房屋的规模，也就知道它是曾经盛极一时的。当香港文化人走东江路线撤退到内地的那个时期，这座冷落了的教堂送旧迎新，前前后后“招待”过的文化人少说也有几百吧?

我们十来人被欢迎到一所小楼房去，这是两上两下，靠着小山坡，四面空旷，洋式建筑，从前的主人一定是有钱的,现在却成为游击队司令官曾生将军的临时总部。这座小小洋楼，独能幸存，似乎是一个奇迹；最主要的原因，恐怕在于它的位置不在村内大街的两旁，而在离村半里许的小山坡下。从前这里一定还有不少树木，但现在只剩屋后一棵，却也断了半截了。曾生将军在楼上和我们相见，说昨天就在等候我们了。又说，今晚上暂时委屈我们在这楼上过一夜，明天再布置妥当的地方。

曾生将军是中等身材，方脸，光头，穿一身黑布唐装，裤管塞在袜统子里，脚上是橡胶底跑鞋。他能说“普通话”,声调缓慢而沉着。人家说他战前还在广州教书，现在他虽然是游击队的司令官了，但一举一动，依然是书生风度。

曾将军而外,我们又见到政委林平，和几位担任宣传工作文化工作的年青干部。林政委，看来不到四十，身材比曾将军略高，但较为清瘦。十多年的艰苦革命斗争，在他身上留着的显著特征便是冷静，坚决而又思考周密——这是和他谈了三五分钟的话就会深深感觉到的。他的“普通话”很好，不过也带着广东话的音调。

有人拿灯来了，这是小小的煤油灯。接着就端上晚饭来了。曾生将军抱歉地说，弄不到好菜，可是有狗肉，问我们吃不吃狗肉?我们这一伙十来人，谁也没有吃过狗肉，这时一听说，大家便不约而同地叫好！于是端上狗肉来了。要不说明，我们还当它是山羊肉呢！

这一餐晚饭，真吃得痛快。虽然只有一荤一素，但我觉得比什么八大八小的山珍海味更好，永远忘记不了。

饭后，主人们就请我们休息。

这小小的洋楼是并排两间，我们吃饭的一间可以说是外间，通楼梯。有一道门通到隔壁的一间，这比较小些，这是曾生将军的办公室，他和他总部的工作人员共有五六位之多，就挤在这小间内。显然，他们是把外间让给客人了,我们感到抱歉，但也盛情难却。

我们在外间开了个大地铺,主人给我们一些日本军毯作褥子，这是我们第一次使用着战利品，那种兴奋的心情是难以形容的。

不知不觉就过了五六天，这五六天的生活又热闹又痛快。主人们举行了一次盛大的欢迎会，从他们的演说中，我们大略知道了东江游击队的发展过程及其目前处境的困苦。那时广东境内国民党军和日本军和平相处,却用全力来对付曾生和王作尧这两支游击队。

然而游击队还是一天一天壮大起来，在广大的人民中间建立了基础，提高了威信。各地的“山大王”也很敬畏这支人民的抗日武装。

……

（节选自茅盾：《脱险杂记》。转引自本书编目组：《胜利大营救》，解放军出版社1999年版，第238—255页）

东江纵队营救国际友人统计

本统计仅根据手头所得材料，因在内战及敌人扫荡之环境中，部分材料遗失，尚有多次营救事实无法加入，特此声明。

英国人	20
美机师	8
印度人	54
丹麦人	3
挪威人	2
俄国人	1
菲律宾人	1
共　计	89

这是当日本侵占香港时，东江纵队抢救工作的梗概，有书信及证件说明：

（一）战地医院的赖特上校（Colonel. T. Ride）的华人书记李玉弼先生和两个外国人。他们从日人那边逃脱后，便由东江纵队护送和帮助到中国内地去。时间是1942年2月，确实的日子忘记了。

（二）两个英国士兵从香港逃出，曾加入东江纵队工作，他们是霍支斯（P. Hodgy）和格尔拉夏（A. Gallaher），他们对东江纵队的意见，他们在队里工作的热情，和他们对在游击队中的生活表示的满意，在

1942年3月4日他们写给怀特中校（Lt. COL. SE. H. E. White M. C. D. C. Znd Soyal Rcotc）的信中可以看到。

先生：

这是一封短信,告诉你格尔拉夏和我正在做的工作，我们现在教练使用H. G. Bren和Luis机枪，和学使用三寸口径和二寸口径的炮，我们享受着和我们一齐工作的人的和善的款待。我们来到了这个地区，只剩下身上的衣服，而他们供给我们吃、穿、住,一点不要回报。这些人民对斯克利恩上尉（Capt Scriven）和他一组人亦是同样的款待，而且送他们到重庆去，现在斯上尉和那一组人都在那儿了。这儿是需要很多人包括皇家工程队（R. E）这种人材是受欢迎的，如果任何人希望逃脱,他们将找到一个带路者在等待着他们,对在营里面许多人这种情报也许是无用的，并且因为这可能和我们一起工作的人是一种危险的来源，所以请你把这个消息告诉谁时要小心，如果营里任何负责人希望和外界通消息，他们可能通过这些人和引导者来这样做，我们和这里的人民希望很多正义的人来这里，帮忙这里工作,我们希望我们现在仍得原来的薪俸，因为我们是在工作着。

霍支斯

（Pte. D. Hodgy）

J·Gallaher

一九四四、三、四

（三）4个英国海军军官脱险,经过东江纵队的地区，并且由我们帮助到中国内地去，他们是：

都格拉斯中尉（Lt. J. DonglasR. N. R）通讯处：香港海军司令（部）转。

夏斯特中尉（Lt. J. W. Hursto B. E. D. S. E. R. N. R）通讯处：上海英领事馆转。

汤姆生中尉，通讯处:上海英领事馆海军办事处转。

何来特J·110998，皇家海军部电报员,通讯处：伦敦邮政总局转。

他们留下下面一封致谢信：

我们曾经接受带信者各方面的协助，与在作战中之盟军取得联络,他们是可靠的，而且是绝对可信托的。

中尉夏斯特（签名）

（四）1942年3月24日香港警察司汤先生和波利斯特奥德夫人（Mrs. Green Priestwood）从赤柱俘虏营逃出，并经过东江纵队的帮助,到中国内地去。下面是他们的感谢信：

请求你们可贵的指导。

还有徒戍只能赞扬我们从游击队所得到高度和善意的帮助，同时希望有一天能给他们以同样的帮助。

（签名）波利斯奥德

（Greenpriestwood）

“上面所述的我完全赞同——我们不可能得到比这更可贵的衷心的援助。”

签名：汤姆生（W. P. Tomson）

后来逃走出来的上海银行的芬恩维克、摩利逊两位先生，在那信上加上了下面的话句：

“我们的经验和上面所说的一样。”

签名:恩维克（T. G. G. Eenwick）

摩利逊（J. A. D. Morrison）

一九四二、十、廿

（五）1942年4月14日，4名英国陆军军官从香港逃出经过我们的地区，他们是波生吉特（D. J. Bosenget）香港义勇军，比尔斯中尉（Lt. G. L. G. pearceR. A.）、怀特中尉（Lt. L. S. WhiteR. A.）和祁德尊中尉（Lt. G. D. ClagneR. A.）。他们4人联合写一封信给东江纵队：

当我们一到达目的地，我们将报告官方,他和其他的人正在干着好卓越的工作,使到他们的工作能够被认识和得到充分的酬报。

签名：波生吉特 香港义勇军

（D. J. BosengetH. K. U. D. C.）

比尔斯中尉

（Lt. G. L. C. PearceR. A.）

怀特中尉

（Lt. L. S. WhiteR. A.）

祁德尊中尉

（Lt. G. D. ClagneR. A.）

那天晚上，在横山脚游击队部举行欢迎会热情欢迎他们，他们受到我们对战争胜利的坚定意志所鼓励，他们每个人都讲了几句对我们的部队的印象，比尔斯中尉说："他们从上至下的普遍热情，他们的极愿意帮助我们，和他们对我同敝人的明确的认识，使我们坚信中美英荷（A. B. C. D.）阵线过去是，现在是，将来也是敌人一块严重的绊脚石。"

渣甸公司的波生吉特先生说："在旅途的进程中，我感觉到战争将很快地就胜利结束，因为在游击队中的许多英雄们虽然不闻名于全世界，但，他们负着打倒共同的敌人的主要责任。”

祁德尊中尉说：“给我印象很深的是队员们的纪律，和他们全体共有的思想上的完全一致。”

（六）在八月中，两个英国士兵经过东江纵队的地区到大后方去，他们的名字已经忘记。

上面是东江纵队进行的抢救工作的成绩，是在香港沦陷后，应该郑重的指出的那个时候敌人侵略的火焰是急速地蔓延全世界，盟军是在一种艰苦奋斗中，东江纵队必须肩起这重大而危险的工作，完全靠他们自己，没有受到国民党政府的援助，也没有受到外国的援助。在这里东江纵队负起斗争的责任，好象世界其他各地任何英勇的战士一样，而且他们不是没有成绩的，他们的工作和他们的胜利使到他们的盟国友人振奋，同时给他们开始发现，现在香港有一种坚持斗争的新方向。最后英国当局在1942年7月起来参加斗争工作，一个机关用英军服务团的名义在桂林组织了，赖特上校当指挥官,前进总部设在惠州，由祁德尊少校负责，东江纵队便开始和英军服务团光荣的合作,同时他们的注意力集中于抢救和情报工作。

（摘自1946年2月19日香港《华商报》，作者黄作梅。转引自本书编目组：《胜利大营救》，解放军出版社1999年版，第377−380页）

中共广东区委发言人发表重要谈话

（新华南社）东江讯：本月十五日，中共广东区委员会，曾对国民党军事当局的无理诬蔑与内战暴行提出严重抗议。本社记者昨特走访广东区党委发言人，提出有关目前广东时局的问题，承逐一答复，特记录如下：

香港沦陷后东江纵队一些战斗事实：

（一）抢救各界同胞,安全回到内地，在广九各地广设施粥站，每天都有一万几千人得到了救济，文化、电影、教育各界名流，抢救出来的有三四百人，如邹韬奋、茅盾、宋之的、于伶、胡风、戈宝权、胡绳等，抢救了许多政府要员及眷属，包括余汉谋将军的夫人在内。就是陈策将军脱险的路线，也是中共游击队所布置的，当时曾生、廖承志通知陈策将军及香港政府。

（二）（略）

（三）和盟国在抗日战斗中的合作，东江纵队是有极好的声誉的，东江纵队与英军服务团的合作，是尽人皆知的事实，曾从香港的集中营救出了外国人士百余人，其中有英国的赖特上校，谭臣警司，汇丰银行经理摩利逊和范域克及祁德尊少校等。……英军服务团方面,也转交过盟军东南亚总部给东江纵队的药品及精神上的鼓励，盛赞东江纵队对盟国所作的贡献，而东江纵队的港九大队在港九新界对敌斗争,保卫人民利益的事迹，更为盟邦盛赞，这队现已退出，由英军接防。

（摘自1946年2月19日《华商报》。
转引自本书编目组：《胜利大营救》，解
放军出版社1999年版，第389页）

曾、王、林向中央军委参谋部报告东江纵队军力及活动地域

（1944年10月24日）

军委参谋部：

我军现况报告如下：

广东人民抗日游击队东江纵队司令曾生，副司令兼参谋长王作尧，政委林平，政治部主任杨康华。司、政及直属各单位共八千五百人，驻路东惠宝边界；第一支队支队长卢伟良，政委陈达明，一千五百人，分布广九路以西，东江河以南，珠江以东，宝安清远线以北；第二支队支队长蔡国梁，政委张持平，一千二百人，分布广九路以东，东江河以南，惠淡公路以西，大鹏湾以北；第三支队支队长彭沃、政委陈志强，四百人，是司令部之主力团，战斗力较强，驻惠宝交界。独立第一大队大队长鲁峰，政委黄高扬，六百二十人，分布香港九龙新界及附近海面；独立第二大队大队长肖光星，政委练铁，九十人，分布增城西南方及广州近郊；独立第三大队大队长阮海天，政委韩继元，三百人，分布于增城、从化、博罗边界，目前较集中于博西；独立第四大队大队长刘培，政委曾源，四百一十人，分布于大鹏湾、大亚湾、惠阳海丰交界、

平山、白芒花等地及沿海海面。武装工作队队长邬强一百三十人，活动于清远城附近。以上合计五千四百人。

曾、王、林

酉敬（即10月24日）

（摘自《东江纵队志》编辑委员会：《东江纵队志》，解放军出版社2003年版，第523-525页）

文化界人士经东江及留东江工作人名单

文彬报恩来

（一）文化界经过此间的人，及留此工作的人，全部名单如下：

第一批（二月半出发），茅盾夫妇、沫沙、以群、胡仲持、胡风夫妇、宋之的夫妇、张友渔夫妇、沙蒙、葛一虹。第二批（二月底出发）黄洛峰、许幸之、张宗祜、姚建伯（均在港业余联谊社工作，交通银行职员）。第三批（所发路费多数只够到老隆，二月二十日出发）徐伯昕、胡耐秋、程浩、洁飞、丁洁如、曹吾、杨永祥（生活书店）、吉家甫（新知书店）、卢家儒、特伟、丁聪、李赓、蒋文燕、童常（新安旅行团）、张英、郭毅（均新文字学会）、赵树泰（大观电影公司协理），钟英（不明）。第四批（所发路费勉强可到韶关，二月底出发）舒强、凤子、兰馥心、奚蒙、金万华、王青安、戴浩、虞静子、金沺、林蜚、贺路、沈剑（均剧团）、李殊伧（电影工作者）、黄远志（中国社）、邝远芳（桂新华分馆）、黄宝珣（韬公亲戚）。第五批（路费均发到桂林，二月二十三日出发）杨刚、吴在东、戈茅夫妇、壹考（刘表弟）、肖敏颂、曹国智、叶籁士、袁水拍、刘清扬、殷国秀、高汾、戴英浪（苏北来）、胡廷钰（一共六人），以上至桂林。恽逸群、毛奚夫妇（以上至沪）。

（二）剧团早已出发，章泯意见想先赴沪，理由是在港时决定今后放弃剧团工作，从事正式戏剧教育，即培养干部人员与专门人才，这远不如仍持一个稳固简单，且意义与目的更大，但自觉所知尚少，教材缺乏，故必需先到沪停留一短时期，以完成材料的搜集和整理工作，因沪友藏戏剧书籍颇多，购买亦易，俟准备工作相当完成，就即去苏北，因苏北比延安更需要人去，在苏北工作相当时期后再转延安，如何望即复。

（三）韬奋对前定办法，详加考虑后托询往内地是否已无可能，是否可往桂暂避再看形势，如已不可能，如原议转往延安，家属可否设法由渝转延，如可，则孩子暂不入校，在桂或渝候去延，望即复。

（四）肖敏颂、曹国智去桂，可由文化供应社宋玉彬（由丁操震掩护到）（此数不明）。

（五）胡绳、吴全衡、于伶夫妇拟经桂直接去沪。不清楚时望速电告。

1942年1月

报任、陈、李、康

（摘自《东江纵队志》编辑委员会：《东江纵队志》，解放军出版社2003年版，第490-492页）

参考书目

1. 深圳博物馆编：《深圳近代简史》，文物出版社1997年版。

2. 深圳博物馆编：《深圳古代简史》，文物出版社1997年版。

3. 广东青运史研究委员会研究室、东纵港九大队队史征编组：《回顾港九大队（上、下集）》，广东省办公厅印刷厂印刷1987年版。

4. 邱逸、叶德平、刘嘉雯，《围城苦战：保卫香港十八天》，中华书局（香港）有限公司2013年版。

5. 官丽珍：《对和平与人道的肆虐——1937至1945年日军侵粤述略》，中共党史出版社2001年版。

6. 中共广东省委党史研究室：《省港抗战文化》，广东人民出版社1994年版。

7. 原东江纵队港九大队老游击队战士联谊会编：《永志难忘的一页》，内部资料 2004年。

8. 邱逸、叶德平，《战斗在香港：抗日老兵的口述故事》，中华书局（香港）有限公司2014年版。

9. 邓华等：《罗汝澄战斗的一生(增订本)》，广东省委党校2010年版。

10. 黄小抗、黄小平等：《永恒的爱》，海天出版社2010年版。

11. 罗雨中手稿：《征途》，完稿于1982年。

12. 罗志红手稿：《回忆父母光辉的一页》。

13. 《港九独立大队史》编写组：《港九独立大队史》，广东人民出版社1989年版。

14. 中共深圳市委党史办公室、东纵港九大队队史征编组：《东江纵队港九大队六个中队队史》，内部资料1986年。

15. 香港历史博物馆编：《香港抗战——东江纵队港九独立大队论文集》，香港康乐及文化事务署2004年版。

16. 曾生：《曾生回忆录》，解放军出版社1992年版。

17. 王作尧：《东纵一叶》，广东人民出版社1983年版。

18. 曾发：《我的昨天和今天》，珠海出版社2011年版。

19. 许月清编：《战斗在湘江》，《新界乡情系列》编辑委员会出版1997年版。

20. 王硕渡：《抗战期间日军侵略深圳兵力调动考察》，《红广角》2015年第6期，第24-32页。

21. 徐月清编：《原东江纵队港九独立大队》，内部资料2004年。

22. 黄业：《激情岁月》，中国文联出版社2003年版。

23. 中共广东省委党史研究委员会、中共广东省委党史资料征集委员会：《东江纵队资料（纪念东江纵队成立四十周年专辑）》，广东省内部刊物1983年。

24．深圳市宝安区史志办公室编著：《中共宝安人物传》，中国文联出版社2004年版。

25．深圳市史志办公室编：《中国共产党深圳历史大事记（1921—2011）》，深圳报业集团出版社2012年版。

26．《中国共产党东江地方史》编纂委员会：《中国共产党东江地方史》，广东人民出版社2001年版。

27．中共惠阳地委党史办公室、中共广州市委党史办公室编：《东江党史资料汇编（第二辑）》，内部资料1983年。

28．《东江纵队志》编辑委员会编：《东江纵队志》，解放军出版社2003年版。

29．陈达明：《香港抗日游击队》，环球（国际）出版有限公司2000年版。

30．陈一民主编：《南北征战录》，广东经济出版社1998年版。

31．杨奇：《惊天壮举——虎穴抢救文化精英与秘密护送民主名流》，广东人民出版社2005年版。

32．本书编辑组：《胜利大营救》，解放军出版社1999年版。

33. 中英街历史博物馆编：《东纵在盐田》，美意世界出版社2004年版。
34. 徐月清编：《活跃在香江——港九大队西贡地区抗日实录》，三联书店（香港）有限公司1993年版。

后记

血脉，家有家脉，国有国脉，这都属非自由选择的脉。

我属于50年代的那一脉，于今天的年轻人而言，一个多么遥远的年脉，且出生不在家乡深圳，就多出了珠江三角洲的渊源，从佛山开始，幼儿园小学中学，然后下乡和返城，直至1979年离开佛山返回深圳，多少年了？按理说记忆已经很老，时间久远了，怕没有了。奇妙得很，几十年前的佛山小城竟像昨天一样贴近、清晰和深刻……

所有的孩子都喜欢玩，当然并非今天的电脑，想不起有什么玩具，事实上我们自己和自己这个大“玩具”玩，满街满巷的追逐，跳绳跳格子还唱着歌跳橡皮筋，甚至在花圃草地寻找蜗牛废弃的壳，以那壳的凸尖部相互抵触对阵，戳穿对方的蜗牛壳也就赢了。

现在的眼光，我们是多么的“穷”乐，一溜连鞋子也没有的光脚丫，衣服更是补丁摞补丁，我和左邻右里的孩子们怎么没有因此自卑？逢年过节，街头巷尾奔走着我们，光脚上趿拉了一对素色或花色木屐，用力落脚，那木屐“得得得”敲打石板路面，有的木屐底部打上一个弯弯月亮似的小片钉，脚后跟擦出的一串火星花，小但亮眼……

这些小小的奢侈让我回味和笑，今天的人也许会嘲讽这样的“穷”乐。

我也只能说，子非鱼，焉知鱼之乐。

最有趣的是60年代，我们的“游戏”变了，有时举了自制的纸拍或小网罩，四处觅杀苍蝇和蚊子孑；有时站在路边，一看到随地吐痰或丢烟头、果皮的大人就上前告知这是不卫生的行为。

比桌子高不了多少的我们，已经知道佛山是全国闻名的卫生城市。佛山那份整洁和美丽，是当年的大事。

佛山感觉是这样的——

学校里讲卫生，老师不但检查作业，更会常常检查手指甲剪没剪；家里讲卫生，周日休息大人领着孩子擦地板，用石灰水刷墙壁；院子里讲卫生，我们旭日路17号的几十户人家总动员，用灰沙和小石头铺垫经过门前的泥道；城里讲卫生，检查巡视卫生的人，在各户门前或巷口挂上“清洁”或“不清洁”的牌子。

得到“清洁”牌，脸上很有光，并非瞎说的光荣。清沟渠，洗地板，洗脸刷牙剪指甲，细碎和实在，这渐渐成了我们的自然，钉牢在身体的某部分。

这就是我命脉中的童年，极其清晰的大事件。

我不知道这一切和一个人有关，他就是当时的佛山市委第一书记罗汝澄。

更没有想到2015年，我竟然与他相遇，并非他本人，准确地说，与一厚叠一厚叠关于他的回忆和怀念资料相遇。

他已经去世40多年了，走得很突然。1967年1月23日他被“文革”佛山造反派批斗，以及革命委员会监护审查，直至1971年8月解除监护审查，但其仍滞留在佛山耐酸陶瓷厂监护劳动。1971年12月31日，仍在工厂监护劳动的他，获批准元旦往广州探亲，岂料这天拂晓猝死在工人宿舍（法医鉴定为脑血管疾病致骤死）。

他突然走了，不知道自己留下了那么多的记忆和怀念。

他也不会知道，40多年后，有一位当年的孩子，也就是我，知道了自己命脉中的童年，正是他在佛山担任市委第一书记的10年（1956年至1966年）。

落笔之时，看到一组佛山图片，其中有罗汝澄1959年视察中山公园秀丽湖工地以及和水利工作人员研究的现场。书记竟也光着脚丫？以为看错眼，细细地辨，真的。

我突然哑然失笑，他和我们那些曾经拍打苍蝇的孩子一样也是赤脚。

1956年6月开始，罗汝澄担任佛山市委第一书记，也是他创建美丽佛山之始。年仅30多岁的他，在会议上代表市委告知大家：用5年至10年的时间，把佛山建设成现代化轻工业之城、文化艺术之城、整洁美丽之城。

他说到也做到了。

说轻工业和艺术，于一个孩子来说，很难，可说整洁美丽，却可触可摸可见可嗅。

我的童年和这位市委书记建造一座美丽城市相关，从这个长相文雅，眉目清秀，尤其那柳叶般细长的眼睛，不存杀气的安静，猛看像佛山人家常常供奉的观音娘娘。可他不是观音娘娘，只是这些普通人的“父母官”。

然后我长大成人，返回家乡深圳，我的青春自然与深圳相关，也与他和他的家族相关，和这个香港新界沙头角南涌村的罗氏家族，和养育了许多深圳族群的这方水土，和诞生在此的抗日游击队相关。这许许多多令我知道，我和他们命脉相通，都有一个共同的深圳，再往前的200多年前，并没有香港和深圳之别，只有一个新安……

我敲打键盘之时，如此清楚地听到“新安”命脉的搏动……

2015年初出版的《血脉中华——罗氏人家抗日纪实》，记录了这一家族的抗战经历。

接着编辑告知出版社社长胡洪侠希望将此书列入“我们深圳”系列，选取更贴近深圳人的章节，让深圳人知道脚下走过的一脉人。恰恰此时，《惠州日报》正在连载《血脉中华》的章节，他们连载的理由有点奇特，说当年这支抗日游击队活动地域属惠阳，惠阳的古往是这样奇妙地和深圳的今来接上渊源……如此再连接就是我们的中国。

我感激这个家族让我明白一个家族的含义，让我知道当年选择抗日的理由其实很简单——是国脉是家脉，是不可选择的一脉相承。

我写这个家族，更因为我也是命脉中人，是渊源。

以上便是今日《血脉——烽火罗氏》的前身。

张黎明

2016年10月7日

于深圳布心花园

图书在版编目（CIP）数据

血脉：烽火罗氏 / 张黎明著. —— 深圳：深圳报业集团出版社，2016.11
ISBN 978-7-80709-766-2

Ⅰ. ①血… Ⅱ. ①张… Ⅲ. ①长篇小说－中国－当代
Ⅳ. ①I247.5

中国版本图书馆CIP数据核字(2016)第266116号

《我们深圳》文丛
深圳市文化创意产业发展专项资金资助项目

血脉：烽火罗氏
Xuemai: Fenghuo Luoshi

张黎明 著

深圳报业集团出版社出版发行
（深圳福田区商报路2号 518034）
中华商务联合印刷（广东）有限公司印制
新华书店经销

开本：889mm × 1230mm 1/32
字数：240千字
版次：2016年11月第1版 2016年11月第1次印刷
印张：9.375
印数：1-3000册
ISBN 978-7-80709-766-2
定价：45.00元